小时光，老朋友

吕　峰 著
张　芸 绘

广西师范大学出版社
·桂林·

题 记

时光如流,谁也无法挽住它的脚步
幸好还有"老朋友",不离不弃,相依相伴
那些与我结缘的老物件
几乎都有一段来由,都有一段过往,都有一段故事
它们如老朋友般轻叩记忆之门
让那些潜藏于心底的时光回放于眼前
扑面而来的
是童年的风,乡野的风
是童年的故园,故园的童年

目 录

001　　竹风筝

007　　远去的泥哨子

014　　小人书里乾坤大

019　　玩具百宝箱

026　　糖盒记

032　　酸梅粉小勺里的甜蜜

038　　碗中日月长

044　　烟火灶台

051　　一根名叫擀面杖的"魔杖"

057　　与石拐磨有关的日子

063　　蒸笼里的烟火气

069　　食与器相伴

075　　咸菜坛子里的民间味道

082　　月饼模子里的花好月圆

090　　药汤锅的恩典

096	敲打光阴的老门环
103	开在窗上的花
109	算盘里的逝水流年
115	井老去无声
121	农具在时间深处闪光
129	岁月里的磨刀石
135	鞋拔子里的旧时光
141	汤婆子暖
146	油布伞撑起的天地
153	鸡毛掸子
159	溢彩流金的年画

竹风筝

放风筝,总是希望越飞越高,总要放到线尽头。然后,扯着线,眯着眼,望天空,痴想做那只风筝,在天上飘啊飘啊。

　　清明过后,天气一天天变暖和,转眼到了放风筝的季节。各式各样的风筝飞在空中,蝴蝶、蜈蚣、蜻蜓、老鹰……不经意路过的我忍不住驻足凝望,欣赏这绚丽的风景。回到家,我情不自禁地拿出多年前父亲扎的竹风筝。说是风筝,其实只剩下骨架,虽不能再翱翔于空中,却可感受到父亲暖暖的爱。

　　风筝,古时称为鹞,北方谓鸢。相传,放风筝最早是图个吉利。旧时，农人希望那些在田亩上空的纸鹞能驱走畦间的恶鸟、害虫，以祈得一年五谷丰登。后来，人们将风筝放得高高的，等钻进云里时，有意将线割断，让风筝随风飘去，意思是把一年来积下的郁闷之气彻底放飞出去。为此，在风筝线的这一端，一张张生动的笑脸所映出的幸福那么真切。

在那个年头，孩子们的游戏活动无非是打蜡子、滚铁环、摔泥炮等。对幼时的我来说，放风筝是最惬意的事儿，至今仍保留着一份挥之不去的记忆。春天来了，父亲忙着给我扎风筝。他先把竹子劈成粗细不等的竹篾；再根据我的喜好弯出风筝的骨架，如蜻蜓状、蝴蝶状、金鱼状、蜈蚣状等；最后扎绳、粘纸。他的神情无比专注，一扎一粘，饱含一位父亲对儿子的爱。

我常放的风筝是燕子状的，黑白分明，双尾似剪刀，因为燕子是我不可多得的小伙伴。父母到田间劳作，我在寂静的院子里，与一群前来凑热闹的燕子度过一段悠长的时光。每年早春，都有燕子来我家檐下筑巢。这巢，家里人从不让我乱动。从记事起，巢就在檐下安稳着。我常常一人坐在摆着乱七八糟农具的屋中，看大燕子给雏燕喂食。雏燕从巢中伸出头来，张着嫩黄的小嘴，"叽叽"地叫着，很是可爱。

风筝扎好后，往往不等糨糊干透，父亲就带着迫不及待的我去试放，教我如何拉线，如何让风筝飞得更高。在他的示范下，我学会了放线、收线，风筝一会儿翻着筋斗，一会儿又平稳地向上升。在不停地放飞、不停地捡拾中，多少掌握了技巧。慢慢地，风筝越飞越高，手中的线团越来越小，我越来越兴奋。风大时，风筝跑，人也跑，一股劲儿往前冲，头发飘起，衣衫卷起，鼓成翅翼，飘飘欲飞，那感觉无与伦比，畅快淋漓。

"儿童散学归来早，忙趁东风放纸鸢。"春风一扬起，小伙伴就背着风筝，争先恐后地奔向晒谷场，奔向田野。安静的晒谷场顿时热闹了起来，成了欢乐的海洋。放飞前，小伙伴总要比试一番，看谁的风筝漂亮，到最后也没个结论。放风筝，总是希望越飞越高，总要放到线尽头。然后，扯着线，眯着眼，望天空，痴想做那只风筝，在天上飘啊飘啊。周围都是相差无几的孩子，尖叫欢呼，奔跑嬉戏，那雀跃的感觉美到骨子里，笑声也在空旷辽远的田野上肆无忌惮地荡漾开去。

放学后，小伙伴喜欢在田埂上玩耍。蜜蜂围着油菜花嗡嗡嘤嘤，时而翩翩起舞，时而辛勤采撷。我们尽情地玩乐，放风筝、扑蝴蝶、捉迷藏，嬉笑打闹，金色的花海不时传出童真的笑声。有时，我揣着少年的烦恼在花堆里奔跑，累了，躺在布满青草的田埂上，淹没在花潮中，那些花儿一朵连着一朵，一簇堆着一簇，组成了一道屏障，好像将我心底的烦恼忧伤全部阻隔开来。

随着年龄的增长，许多儿时的兴趣有所淡薄，风筝飘摇的思绪却萦绕在心头，像那首歌所唱的："又是一年三月三，风筝飞满天，牵着我的思念和梦幻，走回到童年……"看见别人放风筝，总免不了瞧上几眼。闲暇之余，也带上家人去放风筝，看风筝在微寒的清风里飘起，看稚气与童真布满女儿的脸，一如春花开得那么灿烂艳丽，我好像又重回孩童时代，又重回故园。

"云屏不动掩孤嚬（pín）[1]，西楼一夜风筝急。"风筝，属于蓝天，属于白云，属于春风，属于不羁的心灵。那些翱翔在空中的风筝，犹如春风吹来的花朵，争奇斗艳，千姿百态，猛然带来春天里的第一个喜悦。它们如同迎春花，如同燕子，是春的使者，让我感受到春天悄然来临，让我的心随着它们一起飞翔，忘记烦恼与不快。

岁月老去，童年的竹风筝已成为记忆里美好的片段，慢慢变幻成嘴角淡淡的微笑。春去春又回，许多东西在我们手中是无法停止的，风筝悠悠，悠悠我心。

---

[1] 嚬：同"颦"，皱眉。该句出自唐代李商隐的《燕台四首·秋》。

远去的泥哨子

远远的,只要拨浪鼓一摇或泥哨一吹,乡亲们就知道货郎来了。对孩子来说,货郎的挑子像一个童话世界。

货郎是古老的职业。在宋人的风俗画里，他们是主角；在现代人的小说中，他们是时常出现的形象；对我来说，则是一段永远珍藏的记忆。

故乡的货郎不摇拨浪鼓，只吹一种泥做的哨子，那哨声我百听不厌。如今，货郎这个行当已成为遥远的过去，泥哨子却保留了下来，含着浓浓的乡情镌刻在我心里。

故乡货郎的泥哨子，又叫泥响儿，用的是精心挑选的胶泥，不能掺杂沙土杂质。泥料选好后，碾压，过筛，加水调和、滚揉，使之更加柔韧。调好胶泥，即制作生坯，然后将其置于阴凉处晾干，再放入土窑，覆以谷糠秋壳等点燃烧制。几个小时后，取出，刷上颜色，即大功告成。

泥哨子通常为三角形，个儿也不大，有些像菱角，有两个或三个眼儿，上面用白颜色打底，红黄绿三色点缀成荷花图案，从背面看，像一个卧在地上肚子鼓鼓的青蛙。泥哨的构造类似埙，吹出的声音，却不似埙那样苍凉幽远。它的声音清脆柔和，像鸟鸣般悦耳。此外，还有其他的泥玩意儿，全都用夸张的手法表现引人注目的部位，如泥娃娃，面部的比例大，简约朴拙，憨态可掬。

旧时，常有身怀绝技的手艺人光临村子。他们四处流浪，不厌其烦地在村子里穿梭，那些忽高忽低的吆喝声，从清晨响到傍晚，夏季最集中，惊醒了无数人的梦。他们无论走到哪里，都会吸引人的目光。最让人关心的是货郎的摇鼓声或哨子声。肩荷杂货挑子或推着平板车的货郎是大人小孩都喜欢的手艺人，也是甜蜜温馨的存在。远远的，只要拨浪鼓一摇或泥哨一吹，乡亲们就知道货郎来了。我喜欢听泥哨的声音，哨声虽单调却韵味悠长，随风传开，持久不散，用泥哨代替口干舌涩的吆喝，效果更好，乡味更足。

货郎的生意很小，小到可挑在肩上。二尺长的扁担，一头一个箩筐，前面的箩筐摆放针头线脑、糖果、香烟及火柴之类的日常用品；后面的是空筐，装着货郎的"精明"。不是所有人都有钱买东西，货郎就让他们从家中拿破烂交换，换来的破烂便放在后面的筐里。货郎对女人剪掉的辫子、废旧的锅碗瓢盆感兴趣，往往拿去一堆破烂，只能换来几颗糖或一两只气球。不过，乡亲们不在乎这些，那些东西扔掉也是扔掉，能使孩子获得些快乐，足矣。

吹着泥哨子的货郎，走在村子里，不一会儿就围上来好些人。人们从墙缝中抠出几卷灰白或枯细的发丝，换回点针头线脑；或从床下旮旯里找出一两只烂得不能再穿的鞋子，换回几颗纽扣；或从鸡窝里掏出还带着余温的鸡蛋，换回几根红红绿绿的头绳，扎在已出落得大方的闺女头上，或换回几颗糖豆塞进扯着爹娘衣角嗷嗷哭叫的孩子嘴里。

对孩子来说，货郎的挑子像一个童话世界，它曾诱惑着我掏空口袋里有限的压岁钱，也让我早早学会捡拾垃圾堆里的铁丝头、废塑料等，然后从他的挑子里换回几颗彩色的玻璃球、一个上过漆的铅笔盒或一本印刷粗糙的田字格本子。即使没钱买，没东西换，货郎一来，

也要围着看半天。

　　对生活在闭塞乡野的人来说，货郎是远方的客人，从他身上能嗅到外乡的气息。人们不会轻易错过与他交谈的机会，大都放下手中的活计，围在他周围，或仰头询长问短，或俯身挑选心仪的物品。货郎乐呵呵地在一旁介绍着，谈论着，将其耳闻目睹的事物统统说出来。即便没有生意，他也不在意，因为他明白，出门在外，求的就是个和气，生意有人围着，心里踏实。等到大家买好了，问得差不多了，货郎像一阵风似的，在平地"呼"地打个旋，又不知飘向哪里去了。

　　彼时，村子内外的庙会极多，一年四季都有。每每这个时候，人头攒动，熙熙攘攘，热闹非凡，喜气都写在了人们脸上。庙会是货郎喜欢光临、聚集的地方，他们像一只狗或一只猫，有着异乎常人的嗅觉，哪里哪天举行为期几天的庙会，他们无不知晓。这一场庙会完了，收拾一下东西，不厌其烦地赶赴另一场。他们游走在一场又一场庙会中，像一只只四处流浪、穿梭在光阴中的鸟儿。

货郎的哨声像飒飒秋风，吹走了那段家无余粮、为填饱肚子奔波的朴素岁月。伴着杂货店的兴起，货郎的身影渐渐消逝了。在没有货郎的日子，心里有些失落、惆怅。我知道货郎已凋谢成一道遥远的风景，可心中关于他的记忆，却愈加清晰。后来在庙会上遇到了那种货郎吹的泥哨子，我赶紧买了下来，心情颇为激动，因为那小小的哨子里有童年美好的记忆。

拨浪鼓也好，泥哨子也罢，皆是岁月深处的象征，忧伤而惆怅，温馨而感人。对我来说，它没有走远，也没有变形，只是暂时封存在我内心的一个角落，呼之即出，翩然降临，像安徒生的童话慰藉着我的心灵。鼓声也好，哨声也好，它们沿着声波的方向四散开来，响得天长地久。

小人书里乾坤大

为购买小人书，我千方百计地去"赚钱"，四处去捡牙膏皮或废铜烂铁之类的。每当捡到能换钱的东西，我会心一笑，似乎一本小人书就在眼前招手了。

"小人书"是一个尘封的字眼，可是对20世纪70年代出生的人来说，每个人心中都有挥之不去的小人书情结，它如同一场飓风席卷了当时社会的每个角落，被称为"手中的电视"。我的童年乃至少年时代都是在小人书中打滚过来的。如今，书柜里仍保留着伴我成长的小人书，我亦惦念打着手电筒在被窝里看小人书的快乐。

我的小人书时代是从一个推着板车在街边租书的大爷开始的，书摊两侧是规格不一的小凳子、马扎子。那时，文化娱乐稀少，小人书摊对孩子是极有吸引力的所在。放学后，或节假日，小人书摊前人气最旺。小凳子不够了，大家就靠着墙站着看，也无人吵闹，出奇地安静。我的课余时光，玩耍之外，几乎都沉浸在小人书的世界里，似乎有温暖的阳光在一颗幼小的心灵上铺展开来。

我读的第一本小人书是《大闹天宫》，它让我体会到了阅读小人书的快感，眼前陡然开阔，仿佛看到一个不同以往的崭新世界。从此，我一发不可收拾。若是成套的小人书，看完了上集看不到下集，像掉了魂。我把能利用的时间都利用上了，中午吃完饭要看，晚上睡觉前要看，有时为了不被父母看见，用手电筒躲在被窝里看。

小人书可买，也可租。刚开始，基本都是租着看，我把省吃俭用存下的零花钱都用来租小人书了。后来和大爷熟悉了，就不再问我要押金，且只要一半的租金，让我感激涕零。若是买回一本或一套小人书，像怀揣着什么了不得的宝贝，也像呵护着什么珍宝似的，是那样地小心翼翼。为购买小人书，我千方百计地去"赚钱"，四处去捡牙膏皮或废铜烂铁之类的。每当捡到能换钱的东西，我会心一笑，似乎一本小人书就在眼前招手了。

小人书里乾坤大，它堪称知识的万花筒，那些广泛流传的神话传说、历史典故、民间故事等，都通过小人书得以传播。冯骥才先生从不掩饰对小人书的喜爱，他写过一篇《小人书的兴衰》："对于现今三十岁以上的人，那种表浅的通俗图书，曾是他们最初吸取知识的一个很重要的源头。"在那个年代，手捧一本巴掌大的小人书，津津有味地看着，是最常见的大众文化景象，也是街头巷尾最具风情的景致。

一本本小人书像一道道优美的风景，在愉悦感官的同时，让我了解到从未接触过的文学世界。像《山海经》《水浒传》《三国演义》《西游记》《孔融让梨》《三顾茅庐》等神话、历史故事、文学知识，我都是通过小人书获得的。此外，我对《小兵张嘎》《地道战》《鸡毛信》等战争题材的小人书亦宠爱有加，在感受波澜壮阔的战争画面的同时，让心灵经受震撼与洗礼。

小人书之所以受人喜爱，是因为在感受一个个美丽动人、可歌可泣的故事的同时，能让人获得道德与情操的陶冶，能引导人积极向上，去追求生活中的真善美。那些小人书大都有一个相同的地方，就是世间万物尽管历尽艰辛曲折，最终都有光明美好的一面，也无怪乎会有那么多人因之而喜、而悲、而怒、而怨了。

不知从何时起，图文并茂的小人书突然消失在人们的视野中，取而代之的是有声读物、电视等。我对小人书的喜爱丝毫不减，每次出差，总要去当地的旧书市逛一逛，以期遇到记忆里熟悉的小人书。在不懈的寻寻觅觅中，陆续淘得不少的小人书，成为书柜里最别致的风景，以至于许多同龄朋友看了都发出惊讶的赞叹声。

有一年寒冬出差天津，听当地的朋友说，一位卖旧书的老先生手里有数量可观的小人书。我便冒着严寒去寻访，可能是天气的原因，连去了几次，老先生都没有出摊。最后，终于等到了老先生，他被我的执着感动，把他收藏的小人书都送给了我，理由是小人书由我这样的人收藏，他放心。当时，看着那些精美的小人书，我贪婪的表情让老先生大笑不已。

如果有人问我对逝去的岁月最留恋什么，我一定会说是小人书。小人书是一代人或几代人最美的记忆，赋予了他们想象的翅膀。小人书是一个时代特有的符号，当时的世界因小人书而变得魅力四射。时光在变，不变的是我对小人书的喜爱。在似水流年里，翻看、品读小人书，书中的世界犹如春暖花开，精彩极了，美妙极了。

玩具百宝箱

鸡毛毽、跳绳、石头子、玻璃球、陀螺、弹弓、方宝……于我却有强大的吸引力，让我玩得不亦乐乎。

我的童年是在农村度过的，那时买不起金贵的玩具，可是孩子在游戏中的创造力、想象力却从没有缺少过，哪个孩子都能捧出一大堆宝贝来。它们没有亮丽的外形，甚至十分简陋，但因为有了它们的陪伴，我的童年得以幸福度过，并且像野地里的小树自由地疯长。如今，那些儿时的玩具依然躺在一个木箱子里，一经触碰，即弹射出绚烂的光芒。

在 20 世纪 70 年代的农村长大的孩子，所拥有的玩具是亘古不变的老几样：鸡毛毽、跳绳、石头子、玻璃球、陀螺、弹弓、方宝等。玻璃球需要花几分钱或用废品从货郎那儿置换，其余的都不用花钱。它们制作简易，不像现在的玩具，大多没有鲜艳的色彩、优美的造型、灵巧的结构，也不能发出美妙的乐声，于我却有强大的吸引力，让我玩得不亦乐乎。

鲁迅先生说："游戏是儿童最正当的行为，玩具是儿童的天使。"每天去学校，书包里不单单有新奇的知识，还藏着一个快乐的童年，书之外，各式玩具都安身其间。

书包更像一个百宝箱，课间是它们展露身影的时刻，踢毽子、跳皮筋、丢沙包是女孩子玩的游戏，男孩子大多推铁环、抽陀螺、打蜡子、弹玻璃球等。哪怕只是十分钟，都玩得满头大汗，且年年岁岁，乐此不疲。

弹玻璃球玩之前要争先：以一条线为基准，大家站在一米开外向线弹球，谁的球最靠近那条线，谁第一个出场。玩法有进洞、击球两种，小小的玻璃珠子在我们手下似乎有了生命。放学后，大家不急着回家，相约在村外的麦场上进行弹玻璃球大赛，有参赛的，有围观的，场面热闹，气氛激烈，围观者也热情高涨，一个劲儿地鼓劲加油。往往太阳落山了，大家才拍拍身上的泥土，恋恋不舍地往家跑去。

摔方宝是常玩的游戏，用废旧的烟纸叠成鼓鼓的四角形或三角形。一个人的方宝放在地上，另一个人用自己的方宝去摔，如果摔得地上的方宝翻转了过来，就算赢，地上的方宝归赢家所有。这种游戏极受男孩子的欢迎，玩得上瘾了连饭都顾不上吃。走在村巷里，随处可见两三个小孩子在"噼里啪啦"地摔方宝，因太过用力，满头都是汗。我的口袋里经常装满了赢来的五颜六色的方宝。

推铁环也是当年流行的玩法，器具简单，一只铁环、一个铁钩子而已。不过，玩起来就不那么简单了，这是说玩得自如，进入化境。铁环往地上一抛，在其滚动时，不失时机地用铁钩子卡住铁环，防止跑偏或跌倒。在很长一段时间里，铁环与书包一样重要，书包放在课桌上，铁环放在课桌下。上学放学的路上，课间活动的十分钟，都是推铁环的时间。经常是几个小伙伴，在街巷里并肩疾驰，像一场小型比赛，风在耳边呼呼作响，那感觉棒极了。

打陀螺也是颇受男孩子喜欢的游戏。陀螺的制作稍微复杂些，材料要用棍样粗的木头，用刀子削成上圆底尖的圆锥形。再在尖底挖一个小洞，嵌一粒钢珠进去。那时钢珠难求，于是，常见小孩到修车铺去转悠，谁要是发现一颗钢珠子，会兴奋好久。陀螺做好了，鞭子就容易了。

打陀螺需要技巧，怎么样才能让那个底部尖尖的木头疙瘩乖乖地在地上飞速旋转，我费了好长时间才算掌握基本要领。手拿鞭子先把陀螺一圈一圈缠绕起来，再把缠好的陀螺放在地下，右手轻轻一扬，陀螺飞离鞭子的缠绕，旋转起来。这时，要赶紧用鞭子抽，如此陀螺才会旋转不止，要想打得熟、打得得心应手则需要练习一段时间。

最简易的自制玩具是蜡子。找一根拃（zhǎ）[1]把长、略粗点的树枝即可，木质可不论，坚硬者为佳，像洋槐就是不错的选择。两端削成锥形，置于地面，两头自然翘起，这就是"蜡子"。然后，截取尺余长的手持细木棍，做敲棍，一副玩具就大功告成。时至今日，我都没想明白其名何来。此玩具，多人玩才有趣。玩时，置蜡子于地，用敲棍择其一端敲起，待其腾空的一瞬，挥起敲棍击打，令其向更远处飞去，击不中者，算失败，以击远者为胜。

---

1 拃：表示张开大拇指和中指（或小指）两端间的距离。

庙会最受孩子欢迎，尤其是各种各样的玩具摊子，面对它们，眼睛都不够用了。一次，舅舅带我逛庙会，遇到了一个花脸摊子。花脸，一种纸浆轧制而成的面具，类似京剧里的脸谱，用彩绘在面具上画出各种各样的人物——神仙人物、传说人物、历史人物，不一而足，威风十足。后边拴一根橡皮条儿，往头上一套，俨然变成了心仪的人物，像是也有了法力或了不得的功夫，可以飞檐走壁，或呼风唤雨，神奇得很。

在一堆堆花花绿绿的花脸中，我发现了一个通面赤红、长鬃飘忽的花脸，凛然不可侵犯。当时想，如果戴到脸上，该多么威风。于是，一双眼睛像扎了钉子似的，再也挪不开。卖花脸的师傅笑着说："小子真有眼光，这是关老爷！关老爷拿的是青龙偃月刀，再给你挑一把刀。"说完，他从一捆刀枪剑戟中，抽出一把大刀给我，大红漆杆，刀片银光闪闪，中间是一条腾云驾雾的青龙，活灵活现，似乎一阵风刮来，它就能活过来。

我没想到，一下子得了两件好玩的宝贝，那高兴劲儿甭提了。过年来了亲戚，我就戴上花脸，拿上大刀，"呼哧呼哧"舞上一通，憋足了嗓门叫："关二爷来也！"亲戚们哄堂大笑，都说："好个关老爷，有你守家，保管大鬼小鬼进不来。"我愈发地神气，大刀"呼呼"抡两圈，再摆一个张牙舞爪的架势，真是不知愁为啥滋味，好像时间怎么挥霍也挥霍不完。

寒来暑往，童年在不知不觉中消逝了，那些美好的往事，被沉淀在岁月里。那些遗落在时光里的玩具，让我在一路风尘奔向未来的步履中，蓦然回首的刹那，都有温馨弥漫——岁月是一种温存，会在我的心中永驻。

糖盒记

我有一个专门用来存放糖果零食的盒子。盒子是方形的铁皮盒,是父亲从上海捎来的糖果盒……糖吃完了,盒子就成了我存放零食的"百宝箱"。果丹皮、山楂片、鱼皮豆、怪味豆、饼干……

人间有五味，酸、甜、苦、辣、咸。五味涵盖了食物的滋味，也涵盖了俗世的烟火。人们为了这五味日升而作、日落而息，为了这五味四处奔波、忙忙碌碌。提及五味，我最初接触的是甜，一种最能给我幸福感的味道。至今，我还保存着儿时的糖盒。

最初的甜来自自然之物，它们藏于草木之中，比如茅根、玉米秆、甘蔗、甜菜等，都是甜的。更不要说蜂蜜、瓜果梨桃了，甚至甜度的高低成了评判瓜果好坏的重要标准。每年秋天，我都跟着大人去山里找野果子，运气好时，会遇到红灯笼似的、密密地排成串的山楂果，或残留在枝头的野山枣子。野山枣子摘下来，随手放进嘴里。山楂果则被小心翼翼地带回家，让母亲做成糖葫芦。

母亲将山楂果洗净，依次去根、去蒂、去核，用竹签穿成串，再熬糖稀，蘸糖稀。待糖稀冷却，变得晶莹剔透时，咬上一口，酸中有甜，甜中有酸，脆香可口。糖葫芦看似简单，实则做法大有讲究，最关键的是熬糖稀。火候不到，糖稀拉不出丝来，山楂粘牙；火候过了，糖稀焦了，味道则变苦，蘸出来的山楂自然也失去了原本的酸甜味儿。每次熬糖稀，母亲都小心翼翼，生怕错过了火候。

再后来，甜来自各种零食，比如糖人儿、糖水罐头、奶糖、果脯……它们让我咂出了生活的香甜。为此，我有一个专门用来存放糖果零食的盒子。盒子是方形的铁皮盒，是父亲从上海捎来的糖果盒，正面是上海人民广场全景，背面是颇具时代特色的《时代的列车隆隆地响》，有曲有词，很有纪念意义。里面的糖果被花花绿绿的糖纸包裹着，看上一眼，让人口水直流。那是我第一次吃到那么好看、那么好吃的糖果，软糖、硬糖、奶糖、酥糖，各种口味，应有尽有。

糖吃完了，盒子就成了我存放零食的"百宝箱"。果丹皮、山楂片、鱼皮豆、怪味豆、饼干等，只要与吃的有关，我都放进盒子里。我一直不明白为什么鱼皮豆叫这个名字，其实只是用兑了香料的面粉，裹了花生米炸熟。不过，味道着实不错，香香脆脆，嚼在嘴里嘎嘣作响。在当时，几毛钱一小袋的鱼皮豆是相当珍贵的，舍不得一下子吃完，要一粒一粒地慢慢享用，有时跟小伙伴一起，你一粒我一粒地分享，一袋鱼皮豆，能让一下午都幸福。现在想起来，真不知道小小的年纪，哪里来的控制力。

　　盒子里的零食更多是奶奶或母亲做的，如糖豆、红薯片、柿子饼等。红薯片，脆而香。母亲将红薯切成薄片，挂上面糊，下到油锅里，炸至金黄色时捞起，控干油，装进盒子里，即成了日常的饼干，因母亲特别爱惜它们，我也觉得格外好吃，也格外珍惜。奶奶晾晒的柿子饼充满了太阳的味道。吃起来，饼肉柔软，甜而不腻。橙红或绛紫色的柿饼，像年画的颜色，喜气扑面而来，香气也扑面而来。

　　农历二月二，家家户户都炒豆子。因惊蛰过后，蝎子等毒虫开始出来活动，像俗语所说的，"二月二，龙抬头，蝎子蜈蚣都露头"。为此，人们把黄豆、蚕豆、豌豆等当成毒虫炒，"嘎嘣嘎嘣"嚼碎了，蝎子蜈蚣就不敢出来了。豆子炒焦后，借着余温拌上白砂糖，白砂糖立刻融化，与豆子粘连在一起。连着几天，大人小孩的口袋里都装着炒豆子，每个人的嘴里都飘散出咀嚼豆子的香甜。

奶奶也有一个糖盒，那是一个陶瓮，口小肚大，像缩小版的水缸，里面装满了点心、糖果等。山楂糕是奶奶最爱的零嘴，她时不时吃上一块，脸上是满足的笑容。我喜欢躺在被窝里吃酥糖，可惜水平不到家，被子上、褥子上全都是沙粒般的碎屑。奶奶也吃酥糖，却干干净净，不掉一点儿渣。半夜醒来，我要吃东西。奶奶一探腰、一伸手，把陶瓮从床头拖过来。在阒寂的夜里，那声音有些刺耳，却又让我馋涎欲滴。

奶奶过世后，我很少再吃零食了。我的糖盒用来存放朋友寄来的贺年卡、信件等，奶奶的陶瓮则成了花瓶，也算是物尽其用。陶瓮从来不空着，有花即插花，桃花、玫瑰、黄菊、梅花都好；没花就插果，枇杷、莲蓬、石榴、乌桕子、天竺果都好；实在无物可插，插上枯枝亦好。看着它，我不期然地想起宋代杨万里的诗，"道是渠侬不好事，青瓷瓶插紫薇花"，像是在暗黑的生活中开了一扇窗，任窗外的月光照射进来。

　　吃食也好，物件也罢，一旦与回忆挂上了钩，便有了层次与深度。糖盒里的零食甜蜜了儿时的青葱岁月，那是生活的温馨与香甜，那是人生的幸福与满足。世相斑驳，生活中哪能只有甜啊！其实，酸也好，甜也罢，苦亦罢，皆是人间的滋味，是人生旅途的陪伴，且直至终老。

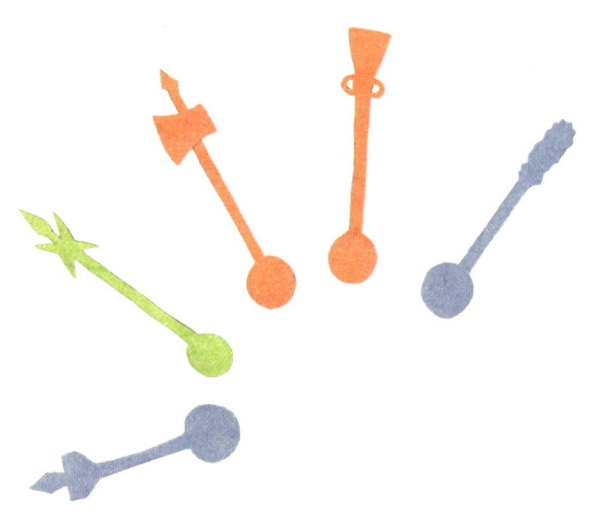

酸梅粉小勺里的甜蜜

小勺子的造型很多,有兵器造型的,有历史人物造型的,有十二生肖造型的,最多的是卡通动画造型,每一款都令我爱不释手。

每个孩子都向往被零食甜蜜包围的生活，成长的记忆总有些与儿时的零食有关。它们如同坚硬的岩石，不管经历多少风霜洗礼，依然坚强地盘踞在心灵深处。搬家时，意外发现了装在信封里的酸梅粉勺子，看着一个个造型不一的小勺子，我陷入了充溢着甜蜜温馨的回忆之中。

在食品贫乏的童年时代，酸梅粉是极具吸引力的小零食，火柴盒大小的袋子里装着白色的粉末。打开袋子，先找出那个小小的勺子，然后一小勺一小勺地往嘴里舀。酸梅粉一进到嘴里就化开了，酸酸甜甜的滋味从舌尖萦绕开来，刺激着小小的味蕾，现在想起还口水直流。有的小伙伴心急，撕开包装袋，一下子把酸梅粉全部倒进嘴里，像猪八戒吃人参果。然后，只能眼巴巴地看着其他小伙伴一小勺一小勺地吃，边看边偷偷地咽口水。

吃酸梅粉是快乐的享受，男生女生都喜欢。那连舌根都打战的酸味，让人欲罢不能。吃完后意犹未尽，有时甚至把袋子撕开舔一舔。放了学，小伙伴背起书包飞快地跑向小卖铺，拿出好不容易讨来的或攒下的零花钱，买一包或两包酸梅粉。谁若是一次能买五包，绝对让大家另眼相看。

酸梅粉吸引人的不仅仅是味蕾的刺激，还有一把把形态各异的小勺子。每次买酸梅粉，我总要隔着袋子摸上半天，想选一把好看的；若是比同伴的好看，会得意好一阵子。吃完酸梅粉，那些花花绿绿、各式各样的小勺子则被我收藏起来。小勺子的造型很多，有兵器造型的，有历史人物造型的，有十二生肖造型的，最多的是卡通动画造型，每一款都令我爱不释手。

当时，电视上正播放《西游记》，与之有关的小勺子更受人青睐。唐僧师徒造型的也好，妖魔神怪造型的也好，只要得到了，都高兴半天。当然，最喜欢的还是孙悟空造型的，若发现是"猴哥"，绝对连蹦带跳，也会引起其他小伙伴的羡慕与嫉妒。为此，每次拆开酸梅粉袋子前，心情都是期待的，现在想想，颇为好笑。可是，吃了那么多酸梅粉，却没能凑齐一套唐僧师徒，真有些遗憾。

  酸梅粉外，有棉花糖、跳跳糖、唐僧肉等零食。棉花糖，大大的，软软的，云朵似的，那肆意的形状，那甜蜜的味道，那快乐的持有，是长大后少有吃食能媲美的。不同性格的孩子，吃棉花糖的方法也不同：有的大口大口啃，有的轻轻抓一把放进嘴里，有的抓下一团，揉成一颗小糖球再吃。男孩子喜欢找出糖丝的源头，慢慢抽出来，掏空了吃。女孩则把它对准空中的太阳，在逆光下眯着眼睛看那晶透的光影，看够了再吃。我喜欢从最下面吃起，那样不会把棉花糖破坏，这么美的糖，多保留一刻也是好的。

  初见棉花糖，感觉甚是神奇。师傅一边转动手柄，一边用小勺或纸叉铲入糖粒，放进砂轮的孔洞里。轮子快速旋转，糖粒慢慢被磨碎，粒与粒之间形成了粘丝，云朵般的棉花随即从铁丝网窜出来。将一支木签放在正搅拌着的砂轮上方，小心翼翼地旋转，让糖丝裹成一朵大小相宜的"棉花"，像在编织一个梦，又有点像魔术。

围观做棉花糖的人多而杂，最多的是和我一样仰着脸、呆呆望着的小孩子。

糖贴塑是能玩能吃的零食，一听到手艺人的吆喝声，小伙伴就争先恐后地围拢在他的挑担周围。他先将糖熬制成糖稀，趁热时用小勺在大理石板上浇洒，勾勒成图案，再用按、点、划等手法，做成各式各样的图形，最后用竹签作柄，冷却后，铲下即可。熟练的艺人挥洒自如，转眼间即勾勒出一幅图画。

吹糖人比糖贴塑更奇特有趣，更鲜活生动，艺人能用嘴吹出各式各样的人物或动物。他用细管挑起糖稀，对着吹气，糖稀充气鼓胀，转着捏着，一个可爱的糖人儿就完成了。立于旁边的孩子赶紧接在手中，得意扬扬地挤出人群。得到糖人儿后，大多舍不得立刻吃，要仔细欣赏，甚至相互交换着玩，看够了玩够了，才一点一点吃掉；最后舔着嘴巴回味，仿佛吃下去的不是糖，而是灵丹妙药。

此外，让人期待的还有爆米花。当挑着宝葫芦般机器的师傅走进村子，瞥见他的孩子会满村狂喊："炸米花了！炸米花了！"孩子们仿佛得到了统一号令，急急地到米缸抓米，全然不顾随后而来的母亲责骂。师傅将米装进"黑葫芦"，紧扇慢扇，旺旺的炭火燃烧起来，然后摇动手柄，孩子们在炉旁蹦蹦跳跳。过了一会儿，"嘭——"的一声巨响，米花香气四溢，所有的孩子都掀动鼻翼，贪婪地呼吸，幸福感也被点燃、被引爆。

儿时的零食虽品种单一，却甜蜜了当时的小日子。那些零食让我记住的，不仅仅是味道，更多的是成长的印痕。那些花花绿绿、形状各异的酸梅粉小勺，代表了童年生活中温暖的片段，持久而厚重，是灵魂深处拂之不去的情结，是人生旅途中的陪伴！看见它们，童年的记忆如金子般灿然显现，似乎那些可口的零食又席卷而来。

碗中日月长

人生很复杂,其实人生又何其简单,简单到只是由两个动作组成的一条线。一个动作是捧起碗,一个动作是放下碗。

碗，人们盛放食品的器具。吃饭时，我们都要用到碗，家里的、饭店的、路边摊的……不过，少有人留意天天、顿顿端起的碗。其实，碗里大有乾坤，它可盛生活，可盛岁月，可盛历史，可盛万物。碗中亦有情，有自然，有世界。我家厨柜里有四个外形粗犷的粗瓷碗，是当年爷爷为迎接家里添丁而购置的。如今它们盛着满满的光阴，无语也无声，固守着家的温度。

粗瓷碗是那种普通的白瓷碗，碗边有两圈蓝色的釉纹，口大肚浅，大腹便便的样子。从我有记忆时，饭桌上就有它们的身影。每到吃饭时，我喜欢帮着摆放碗筷，一边摆，一边念叨："这是爷爷的，这是奶奶的，这是我的……"眼前的碗，对应着一个个正急着往家走的亲人。有时，遇到我喜欢吃的，奶奶就从自己的碗里捏起一块，塞进我嘴里；母亲则佯装愠怒，瞪我一眼，那种感觉温暖、安详。

家里有一条规矩：饭做好后，第一碗要盛给爷爷。奶奶给爷爷盛饭时总是说："你爷爷是家里的大劳力，家里的活儿全指望他干,这饭做好啊得先盛给他。"就这样,奶奶盛了一年又一年,从一头青丝到满头白发。奶奶去世时,号称"铁打汉子"的爷爷痛哭流涕,一个劲儿地拍打着奶奶的棺木念叨:"你走了,谁给我盛饭啊!"那悲恸欲绝的神情,让前来吊唁的人无不动容。

粗瓷碗也见证了父母亲几十年的相濡以沫,没有浪漫,有的只是一日三餐、添饭夹菜。每天早晨,母亲雷打不动地给父亲冲鸡蛋茶。在粗瓷碗里,磕上两枚鸡蛋,滴上几滴香油,再加一勺白砂糖,用筷子搅和均匀,将烧沸的水快速冲到碗里,边冲边用筷子搅动。碗里形成了一梭又一梭的鸡蛋穗,略微沉淀,上面是稀清的蛋汤,下面是稠状的蛋花。这是母亲最熟练也最拿手的活儿,原因很简单:父亲好这一口!

原来,碗可盛爱!所谓的白头到老,所谓的海枯石烂,就蕴藏在寻常的一日三餐中,蕴藏在精心盛出的一碗饭里。

粗瓷碗里有满满的亲情。一次,我生病了,高烧不止。母亲开了一大包中草药回家煎汤。她守在厨房的煤炉前，严格按照中医的要求去煎药，先用大火煮沸，然后用文火细细地熬。随着母亲的辛劳，那带有苦涩味儿的药香氤氲发散，弥漫了整个房间。

　　经过一个小时的工夫，那碗黑褐色泛着泡沫的汤药被端到了床前，我硬着头皮呷了一口，便受不了那沁入心肺的奇苦，不由得翻江倒海般呕吐起来，似乎连胆汁都吐了出来。母亲慌忙为我捶背，清扫秽物，又忍不住焦急万分。望着她忙碌的身影，我内疚极了，真对不住她煎熬那碗中草药的苦心。

　　粗瓷碗原本是十个，在迎来送往中，磕了，碰了，碎了，最后只留下四个。再后来这四个碗也很少用，取而代之的是一套又一套精美的细瓷碗。一次，朋友来家里做客，碰巧前段时间碗被打碎了几个，一直没去购买，碗不够用了。这时，我突然想起厨柜里的粗瓷碗，便拿出来以解燃眉之急。端着那早已退出生活圈子的粗瓷碗，朋友顿时乐了。那天吃了什么我不记得了，只记得一晚上的话题都没有离开过它。再后来，朋友去了日本留学，每次回国，捎来的礼物都是图案各异的碗碟。看着那饱含心意的礼物，我知道碗里藏着友情。

一次，在商场里看到一组大中小三件的碗。它们形状各异，大的，碗口敞开，肚子大且深；中的，碗口内收，有些苗条；小的，比常用的碗略小些，可人可意；碗壁上，凸起的绳纹，摸着很舒服。买回家，洗净了，放在案上，越看越像一家三口，小的放在中的里面，然后，中的抱着小的放在大的怀里，看着这三只摆在一起的碗，心平气静，是真正的岁月静好。

粗瓷碗里有美好的回忆，那是逝去的懵懂岁月，那是千金不换的温情。因为它，家的概念更清晰，家在无情的光阴里侧影翩跹。每逢节假日，我便拖家带口去田间乡野，过几日农家生活，用粗瓷大碗吃饭、喝粥。夜晚坐在生凉的农家小院里，天上一轮明月，碗中似乎有月光在荡漾，让人心醉。

无情岁月，有情天地，碗固守着自己的秉性，无语亦无声。人生很复杂，其实人生又何其简单，简单到只是由两个动作组成的一条线。一个动作是捧起碗，一个动作是放下碗。在捧起与放下的过程中，生命一点一点绚烂，又一点一点枯萎、终结，直到那个碗最后一次被放下，永不被捧起。

烟火灶台

彼时，村里的每家每户都有灶台，都有烟囱指向天空。晴天的傍晚，炊烟成了赭红色，油彩似的，涂抹在天地间，也停留在我童年的晴空里。

自我有记忆起，母亲就与灶台、烟火联系在了一起。灶台是乡村生活的恒久风景，它和那些粗糙干裂的手掌，那些因烟熏火燎而迎风流泪的眼睛，共同构成了农家生活最本真的背景，掩映着日出而作、日落而息的平常四季。有了灶台就有了安宁与温饱，就有了繁衍与生存。一家人守着一缕香喷喷的烟火，就是守着一份幸福，一份满足。

　　家里的灶台是父亲带人砌的，四四方方，与灶台相连的是穿破屋顶的烟囱。砌灶台看似简陋，实则很见技巧，尤其是烟囱的设置，位置留不好，不仅不往外拔烟，反而往屋内倒烟，熏得人睁不开眼。灶台里嵌着一口大铁锅。大铁锅甚至比一代人的生命都要长，春夏秋冬，年复一年，在烈火中背负着一家老小的日常，联系着一家老小的冷暖饥饱，像房屋的心脏，功劳比谁都大。

　　灶台是母亲最忠实的陪伴，伴着她走过了一年又一年。母亲在灶前煮东西时，把我放在厨房门口一张小矮凳上。铁锅里发出"扑嘟扑嘟"的响声，像人的心跳，听了安心。我坐在那儿，托着腮，看灶下熊熊的火。灶下的火把厨房照得通红，母亲瘦削的脸也染上了一层美丽的红晕。此刻，母子俩都不说话，或者很少说话，任食物的香味，兀自在小小的空间里静静地回旋。

母亲手巧，总是能鼓捣出各样好吃的。玉米饼中加点白菜做成的馅儿，擀个绿豆面条，偶尔炒个糖豆，蒸个月饼，炸个红薯干……烧柴做饭时，母亲常在灶膛下方的柴灰里扒几个洞，放三两块红薯或土豆进去，饭煮好了，红薯或土豆也熟了。我顾不得烫，一边双手快速轮换着拿，一边吹着气急急掰开皮。一大团滚烫的白气氤氲升起，浓郁的甜香直钻鼻孔，馋得我一边用嘴呼呼地吹，一边狼吞虎咽，有时噎得半天喘不过气来。

彼时，村里的每家每户都有灶台，都有烟囱指向天空。中午或黄昏，野外割草或放学归来，在远处站定，看到炊烟从灰色或红色的瓦顶上袅袅升起，像一株株白色的植物，像一缕缕薄薄的溪流，从一个个高高矮矮的烟囱里吐出来，流向天空，在天空定一定，飞向远方。

在有雾的清晨，炊烟与雾气交融在一起，弥漫在村庄、田野，成了一片烟湖。晴天的傍晚，炊烟成了赫红色，油彩似的，涂抹在天地间，也停留在我童年的晴空里。

当炊烟升起时，田里的人开始荷锄归来，像约好了似的，朝着各自熟悉的那道炊烟走去，疲惫的脚步格外轻快。对孩童来说，我们熟悉村子里的每一座房子，也熟悉每一个烟囱、每一道炊烟。透过炊烟，我们知道是谁家的母亲在做饭；透过炊烟，我们亲吻四处飘逸的饭香，咂巴着口水，生出对生活的眷恋与向往；透过炊烟，我们懂得了父亲的汗水怎样瘦了自己的筋骨，肥了田间的谷穗。

灶台、烟火是乡下人的日子，是乡情浓聚成的风景线，也是乡亲们生活的希冀与灵魂。烟火的味道是母亲的味道，它缓缓上升，维系着整个村庄，也承载着村庄沉甸甸的希望与淌不干的汗水。所以，有村庄就有人家，有人家就有灶台，有灶台就有烟火，有烟火就有喜怒哀乐里的一日三餐。

乡间的灶台与柴火、水缸相偎依，灶边码满了晒干的枯枝、麦秆、树叶等。柴火有硬柴、软柴之分。硬柴是树枝或树疙瘩，软柴是植物的秸秆或树叶之类。硬柴耐烧不沤烟，特别是硬木劈成的劈柴，是过节蒸馒头、卤猪头、炸丸子不可或缺的。秋收过后，挨家挨户忙着拾柴火；到了冬天，各家的院子内外都聚集着一个个形似蒙古包的柴垛，有了它们，似乎再冷的天也不怕。

水缸与灶台为邻，与烟火滋味相伴。老话说"穷灶门，富水缸"[1]，水缸里的水从来都是满的，如聚宝盆般。水缸上有个木制的盖子，防止灰尘及蜘蛛、壁虎、草鞋底虫等落入缸中，污了一缸水。盖子上有水瓢，舀水时，移开木盖即可。在外玩得满头大汗、口渴难耐，回到家，第一件事就是拿起水瓢，到缸里舀水喝，"咕咚咕咚"，如老牛饮水，一气喝个痛快。水透心凉，却从没闹过肚子。

母亲离水缸、灶台最近，淘米、洗菜、烧水、蒸馍、

---

[1] 穷灶门，富水缸：民谚，意思是灶门口要少放柴，水缸里要储满水，以时刻预防火灾。

煮饭、炒菜。伴着柴火的烟味，伴着"咕嘟咕嘟"的声音，饭香菜香在灶间、在院子里弥漫。溽暑，母亲把黄瓜、西瓜洗净，放进水缸里拔凉了再吃。吃时，清脆、凉爽的感觉充满嘴巴，又旋即通往全身，浑身都轻快起来，暑气顿消。

母亲的油炒饭是我的最爱，不硬也不干，不油也不腻，酥软金黄，吃到嘴里香喷喷，吞到肚子里舒舒服服，比刚煮熟的米饭更有魅力，更有吸引力。油炒饭做起来也简单，前一天没有吃完的米饭，少量的油、盐、葱花，再加一两个鸡蛋即可。锅热了，母亲倒上油，待油七八成热，将米饭倒入锅里，饭粒发出"嗞嗞嗞"的声音，逐渐变得喷香。从这些悦耳声里蒸发出水汽开始，我就馋涎欲滴了。

饭炒好后，盛进碗里，蓬蓬松松，油光发亮。炒碎的鸡蛋如饭粒大小，像无数朵黄色的桂花撒落其间。油炒饭散发出纯粹的香味，即使隔着房间，隔着院落，也能钻进我的鼻孔，诱惑着我的胃。我百思不得其解的是，母亲放盐,从来不尝一尝放得是否适当,我吃起来却总是不咸不淡,恰到好处。

母亲的烟火是不一样的烟火,或者说那些长存于心中的、来自故园的食物,带着家的味道,带着家园的守望,驻扎进我的梦中,哪怕年华老去,哪怕白发苍苍,依旧挥之不去,给我以醇厚、质朴的回味与遐思。

一根名叫擀面杖的"魔杖"

厨房里，有擀面条的大擀面杖，有擀饺子皮的小擀面杖，以及烙烙馍的细擀面杖。每一根擀面杖，都有一个个与生活息息相关的故事。

在日常的吃食中，没有比面条更亲民的了。面条堪称伟大的发明，烧开水煮上几分钟，即是一顿饱足。对中国人来说，吃面是一种仪式，迎来送往，一碗有汤有水的面是少不了的，寓意着常来常往。可以说，只要有中国人的地方，就有一碗鲜香的面。身处异地的游子，业已归家的旅人，吃到面条，等于回到了家。

我对面的印象，来自幼时。母亲善做面食，面条、饺子、包子、烙馍……最拿手的是擀面条，每一次都让我胃口大开。母亲的擀面杖是又粗又长、直径统一的大擀面杖，用自家的香椿木做成，圆润光滑，且有一股子香椿的味道。母亲擀面条，极具节奏感，一会儿撒面粉，一会儿用擀面杖把面皮卷住、再摊开。擀面杖在母亲的手里灵活自如，忽上忽下，忽左忽右，像变魔术。我在一旁看呆了，觉得母亲同那根擀面杖都有神力。

幼时，每逢过节，接亲待客，母亲都要擀面条，用豆芽、大白菜或青南瓜炸汤[1]，味道好极了。偶尔，母

---

[1] 炸汤：一种烹饪方式，先把菜炒一下再加水做成汤底。

亲用玉米面或豆面与白面和在一起，擀杂粮面条——玉米面是淡黄色，黄豆面是灰褐色，绿豆面是淡绿色，热气腾腾地配上炸酱或其他蔬菜，那滋味让我现在一想起即口水直流。因为母亲的面条，童年的餐桌有了色彩，有了幸福的回忆。对我来说，没有比守着母亲吃一碗手擀面更温馨的生活了。

光阴流逝，母亲的青丝在擀面杖的翻飞中变成了白发，我也离开家，外出求学、工作，也遇到了形形色色的面，板面、拉面、阳春面、刀削面、龙须面、炸酱面……虽然都是面，却因地理位置、饮食文化、民风习俗的不同而各有特色：西北的刀削面粗犷厚实，四川、重庆等地的面鲜香麻辣，武汉的热干面浓郁油润，东北的冷面筋道酸爽，江浙沪一带的汤面清爽素净。

提起江南的面，最直观的印象是那句"唯汤和浇头不可辜负"。阳春面却无任何浇头，俗称清水汤面。烧煮亦简单，先在碗中放少许盐、酱油、香油、醋、胡椒粉等，然后倒半碗开水，再放一撮煮熟的细面条。撒上葱花，一碗清清爽爽、热气腾腾的阳春面就呈现在眼前。虽然简单，想做好却不易。有一次，在西湖边上吃阳春面，我悠闲地坐着，静静地吃面，静静地喝汤，真是莫大的享受。

一次去陕北，住在当地老乡的窑洞里，长线辣子以及整碗的杂粮面，是老乡待客之物。光臊子就做了两种，一种是用豆腐、土豆、西红柿等做的素臊子，一种是用猪肉做的荤臊子。等面端上来，我拿起筷子就往嘴里扒拉，连吃了两大碗。那味道辣而不烈、油而不腻、酸而不呛，吃香了我的嘴，更温暖了我的胃！看着我意犹未尽的样子，那汉子还一个劲儿地说："太仓促了，还缺些料，要不然还能再地道些。"

面条吃得多了，我最爱的依然是母亲的手擀面。每次回家，都要吃个够。有段时间，我遭遇了人生的低谷，陷入了从未有过的低沉。等我心绪黯然地回到家中，发现母亲正在擀面条，对着我的是弯下的脊背和花白的头发。那一团揉得光滑的面，被母亲用搁置已久的擀面杖铺成了薄薄的、圆圆的面片，然后轻轻地卷起，再然后是刀切过面片与案板接触的声音。那熟悉的声音传到耳边，虽单调枯燥，却让我的心潮涨潮落地满是情绪。

我知道，这是年迈的母亲在为我擀面条。我也发现母亲的体力已大不如前，她的额上已是一层细汗。等到豆芽爆锅的香味四处弥漫时，等到母亲端上那碗香喷喷的手擀面时，我一时无语，不争气的眼泪在眼眶里直打转。母亲用慈爱中带有责备的目光望了我许久才说："吃吧，活着就要知足，比起以前，不是强多了吗？人这一辈子只要知足就够啦。"

望着母亲的点点白发，望着母亲爱怜的目光，望着眼前香气四溢的手擀面，我忽然意识到，在人生的路上，我一直是个孩子，在母亲面前，我永远都没有长大。我自以为读了许多书，取得了些许成绩，不免有些得意，其实就生活这本大书而言，我并未读懂多少。那个中午，在惭愧无言中，我连吃了两碗面，心情如拨云见日般豁然开朗。

后来，每隔一段时间，母亲就不辞辛劳地擀上一顿面条。端上桌的面条还是从前的模样，切面声却微弱了许多，没有从前剁起来的板眼。我伤心地意识到：我吃了三十多年母亲擀的面条，母亲却在为我擀面条的匆忙中衰老了。

如今，厨房里，有擀面条的大擀面杖，有擀饺子皮的小擀面杖，以及烙烙馍的细擀面杖。每一根擀面杖，都有一个个与生活息息相关的故事。每每端起热气腾腾的面，我越发感到这是让我的生活有滋有味的面，也会平添一份自信：在人生的路上，我会知足地工作着、生活着，不再有饥饿感，让一切都简单、平和、从容。

与石拐磨有关的日子

对我来说,石拐磨转动的是勤劳,是喜悦,
是暖胃暖心的绝佳吃食。

俗话说"靠山吃山，靠水吃水"，有山就有石，有石就有以石制成的生活用具。那些来自深山的石头，经匠人的雕琢，多了几分神秘与凝重，比如碓窝子、石磨、牛石槽、石碾等。石拐磨是缩小版的石磨，专门用来磨制辣椒酱、花椒面、豆浆……石拐磨虽不是乡村人家必备之物，却也是重要的生活物件。有了它，简单平凡的日子也有了色彩，有了馨香。

石拐磨上下两层，由相互咬合的石头制成，磨上石头有手柄、喂料孔，磨下石头开凿出料盘、漏斗口，用手即可推动。"有钱能使鬼推磨"，这句俗语所说的，就是这种石拐磨。爷爷嗜辣，在相对贫瘠的日子里，一年四季、一日三餐全靠辣椒来解馋。为了能随时随地吃到辣椒酱，爷爷请人专门打制了石拐磨。听奶奶说，石拐磨打制好后，爷爷乐得不行，当天就让奶奶磨了一碗辣椒酱，给他解馋。

辣椒上磨之前，先去蒂、洗净、晾干，放入热水瓶中浸泡至半熟，捞出，置于菜板上切碎，放入盆中，加少许开水，调拌均匀即可上磨。磨的时候，用手握住磨把，一圈一圈地转动，一边转动，一边把辣椒放入喂料孔。随着石拐磨的转动，鲜红的辣椒酱滚滚流出，要不了多久，磨盘凹槽出口处的瓶瓶罐罐就装满了。看着红红的辣椒酱，让人口水直流，恨不得赶紧蒸上一锅馒头，就着辣椒酱，狠狠地吃上一顿。

有了石拐磨，饭桌上的吃食也丰盛起来。每年收割豆子时，熟豆荚往往崩裂，豆子便掉到了地上。一场雨过后，豆粒被泡得鼓鼓的，爷爷没事就去地里捡豆子。回到家，他把豆子分成两份，一份磨豆浆或做小豆腐吃。母亲一手把泡胀的豆子连同清水放入石拐磨的料孔里，一只手握住转柄旋转，小磨转得飞快，豆浆像牛奶汩汩流淌，飘出的香气很快灌满了屋子。磨出的豆浆，放入锅中煮开就可以喝了，即使不加糖也香甜。

与豆浆相比，小豆腐复杂了许多。母亲先将豆浆添加适量的水烧沸，再加入秋天晒干的萝卜缨子、白菜叶烧煮，待水分蒸发到一定程度，放适量的盐，不断地翻炒，炒干即成。小豆腐色香味俱全，可当饭吃，亦可当菜吃。此外，石拐磨可磨玉米面、汤圆粉等，每一种都是让人口齿留香的美味。对我来说，石拐磨转动的是勤劳，是喜悦，是暖胃暖心的绝佳吃食。

另一份胀豆子，爷爷放在锅里炒着吃。我心急得直往灶里续柴火。爷爷说："心急吃不了热豆腐，这样外皮煳了，里边还不熟，得慢火慢烘，炒出的豆子才又香又酥。"爷爷让我先出去玩会儿，炒好了叫我。等我玩回来，爷爷早已等在家门口。他从兜里掏出一包炒好的豆子，我抓起来就往嘴里扔，又香又酥。

爷爷问我香不香，说慢火烘了大半天。我连连点头，并往爷爷嘴里塞，他只吃几个就不吃了，然后看着我吃，目光慈祥，不时伸手抚摸着我的头。有句话爷爷常挂在嘴边："豆米糕，一包枣，孙子吃了爷爷饱。"当时我不懂什么意思，问爷爷，他笑着说，等你当爷爷的时候就知道了。

石拐磨的作用是无可替代的，它让那段相对贫瘠的青葱岁月充满了香甜的记忆。其实，祖辈或父辈，他们何尝不是石拐磨上面转动的磨盘？他们围绕着家这根轴，以全家的生计为半径，风雨兼程，辛苦劳作。哪怕遇到再多的苦、再多的难，只要手脚还能动，他们就会不停歇地付出、奉献，从没有叫过一声苦、一声累，而是将怨言、委屈藏在内心最深处。

与石拐磨对应的是大的石磨。大石磨像一位守望者，在等待饱满的五谷，然后把它们搬进农人的面缸里，或者说乡间的吃喝都藏在它周而复始的轮回里。磨好的面，可蒸馒头，可烙烙馍，可擀面条。案板前，一块块面团在主妇的手中变化着模样。在运河边，白面馒头永远走在人的前面，年关祭祖，田间上坟，红白喜事，馒头必不可少。

在乡间，还有其他石器的身影。碓窝子多在门的旁边，少量的五谷杂粮全靠它舂细、舂碎。每一次用完，碓窝子、碓锤都被打扫得干干净净，哪怕是一粒米都不会落下。面对眼前的石碓窝子，奶奶、婶婶、大娘们的眼神如麦芒针尖，像鸟儿落到田野里，轻轻巧巧地将土块与土块之间被收获者忽视的谷物寻找出来。临到中秋，碓窝子成了奶奶的专属。她先把芝麻炒熟，然后坐在碓窝子前，一下又一下，将它们碾碎，和成月饼馅。

光阴如梭，当年专为人解馋的石拐磨也逐渐销声匿迹，随之消失的是那些传统的味道。后来，不知受何种风气的影响，石拐磨又流行了起来。我将库房里的石拐磨翻了出来，洗去岁月沉积在它身上的灰尘。它又在母亲的手下旋转起来，母亲一边教女儿如何磨豆浆，一边与我们唠嗑。女儿看到乳白色的液体从石磨流出，喜不自胜；母亲的脸上则绽放着欣慰的笑，充满了无限的温情。

石拐磨，曾经把日子磨得芳香四溢的石拐磨，又重新转动了起来。石拐磨转起来了，锅里、碗里又盛满了馨香，生活中又添了可人的滋味。

蒸笼里的烟火气

时间晃哒晃哒到了夏日,奶奶的竹蒸笼又有了用武之地。她开始做荷叶粉蒸肉,蒸熟后,荷香夹着肉香,还没吃就要咽口水!

民间的器物看似平凡无奇，却有着极深的历史渊源，也极具烟火气，蒸笼即是如此。从年初到年尾，蒸笼都是要用到的，蒸馒头、蒸糕点、蒸面灯、蒸荷叶肉……馒头就不必说了，其他的吃食更是将我诱惑、吸引，那平凡无奇的竹蒸笼也变得可亲可爱起来。

年前，奶奶忙着蒸馒头、蒸年糕，厨房里烟火不断，她的围裙到深夜才取下来。过年有吃年糕的习俗。相传，古时有名为"年"的怪兽，每到严冬，即下山觅食，攫夺人充当食物，百姓不堪其苦。后来，高氏族的部落首领发明了一种吃食，先搓成一条条，再揿成一块块，放在门外。"年"下山后，饥不择食，将摆放在门外的粮食条块吃掉，然后就回到山上去了。日复一日，年复一年，这种躲避兽害的方法便流传了下来，这种吃食即以年糕为名。

于我而言，年糕是带有童年色彩的吃食。每年岁末，家家户户开始准备年货。我最爱做的事，是看奶奶做年糕。尽管市面上有糯米粉出售，可奶奶总喜欢自己磨。

一边慢慢地转动小石磨,一边虔诚地喃喃细语:"年糕年糕,年年高。"这种把愿望寄托在食物里的情愫,深深地打动了我。

磨好的糯米粉像白雪,高高地堆着。奶奶在糯米粉中注水、加糖,搅匀后,上蒸笼。蒸好的年糕,软滑如水,不粘牙,不滞齿。不等放凉,我便迫不及待地放入口中,一边喊着烫,一边说着香。别人做年糕,做不出同样的水准,前来登门讨教,奶奶在倾囊相授之余,总会叮嘱一番:"磨粉的时候,心一定要诚。年糕小气,你不诚心,便做不成它。"讨教者连连点头。

过罢大年初五,每家每户又开始张罗起元宵节。奶奶那双小脚能踩出一溜风声来,忙着蒸面灯、面龙、面石臼子,嗓门也格外地亮,进进出出时,满脸的褶子像山菊花般灿烂。面灯用白面或杂面做成,蒸熟后,插上灯捻子,倒上豆油,点燃了,让孩子端在手里,放到眼前、身后照一照,嘴里念叨着:"照照眼,不瞎眼;照照腚,不害病。"祈愿一年里不会生眼疾或其他疾病。

吃完饭，小孩子如仙童托花般把面灯端到街上去玩，边玩边比谁家蒸得好看。灯油耗尽后，面灯近火处已炙烤成焦黄色，玩灯的孩子也跑饿了，正好把面灯当点心吃下去。不过，女孩子是不可以吃的，否则，擦粉时会出现油眼圈子。于是，女孩子都不吃面灯，吃了是否真的会得油眼圈子也没人去试验。

时间晃哒晃哒到了夏日，奶奶的竹蒸笼又有了用武之地。她开始做荷叶粉蒸肉，将新鲜的五花肉切成厚片，用料酒、酱油、糖、葱、姜、蒜腌渍半小时，用自家石磨碾成的米粉拌匀，再用荷叶包好，最后用棉线扎紧，放入蒸笼里蒸透即可。蒸熟后，荷香夹着肉香，还没吃就要咽口水！

一进入秋天，我就开始期待奶奶蒸的月饼、桂花糕。院子里有几株粗壮的桂树，是奶奶嫁进来时栽下的。奶奶很宝贝那几株桂树，松土、浇水、施肥、修剪，像照顾自家的孩子般精细。桂树回报给她的是一天比一天粗壮、葳蕤，最让人称奇的是花比别人家的多，蕊比别人家的香。一团团、一簇簇的花儿任性开放，一阵风儿吹来，树下落满了黄色的小花，像铺了一层金毯。奶奶常念叨着，千树万花，独独这桂树最通人性。

奶奶一天最惬意的时光是在桂树下度过的。她置一把竹椅于树下，悠笃笃坐定，乘风之凉爽，望云之无常，听虫之低鸣，嗅草木之芳香，也任一树桂雨悠悠飘落。落下的桂花，奶奶用芦苇掸子掸拢来，洗净，晾在秋风里，黑黝黝的院子金黄一片，说不上金碧辉煌，却有一番秋收的景象。晾干了，密封起来，泡茶放点，炒菜放点，蒸糕点放点，让日日都有桂香作伴。

桂花飘香的时光，也是我享福的时光。当桂香开始弥漫，我的心便按捺不住了，像春天的柳枝拂在身上，痒痒的。想着奶奶啥时候蒸桂花糕，那真是折磨人的焦急等待。奶奶蒸的桂花糕，既软又糯，入口有嚼头，切片而食，幽香绕舌，那适口的甜味，晃荡晃荡地由喉头轻柔地滑进胃囊里，通体舒畅。

如今，奶奶已去世多年，那美味的年糕、粉蒸肉也只能梦中去寻了。每当看到厨房一隅的竹蒸笼，我的脑海里总会浮现奶奶蒸年糕时，那张虔诚至极的脸。这些年来，"你不诚心，便做不成它"这句话，也成了我的处世哲学，指引着我待人接物。我常会念起那位在树下闲坐、冥想、静等桂花落的老人。

食与器相伴

遇见同去田地里送饭的小伙伴，有的提着塑料桶，有的提着竹篮子，唯有我提的食盒与众不同，这让我暗自得意，食盒也尽可能地拿高。

民以食为天,自古以来吃吃喝喝就是人的必需。食盒是前人为便于携带食物出行而专门设计的,作为古老的日常用具,给生活增添了无限的暖意。时过境迁,忙碌奔波的人们习惯于叫外卖,早已不知食盒是何物了。隐藏在食盒中的那份对生活细节的讲究与执着,亦成了温暖的记忆。

旧时的食盒材质多样,有竹、黄花梨、紫檀、藤、瓷等。黄花梨、紫檀等硬木纹理细密、色泽光润、坚固耐用,拼接时有得天独厚的优势。我家厨房里的食盒是黄花梨做成的,长方形,上下四层,可分隔盛放不同的吃食。食盒造型大方、结构简练,黄花梨的木纹成了天然的装饰,木色中透出幽思,像一滴墨滴在洇湿的宣纸上,氤氲幻化,有的似曲径通幽,有的似重峦叠嶂,有的似闲云出岫,透露出山林苍郁古老的气息,初则悦目,继之赏心,注目凝视,仿佛被带入迷离的梦境。

对古人来说,食盒不仅可盛装食物,亦承载着独特的风俗人情与饮食文化。文人骚客、士绅名流出门访友、踏青郊游，或参加诗社与友人把酒言欢，食盒是不可少的，可用它携带着食果品，以备果腹、助兴之用。相比文人的食盒，古代女子的食盒则精致了许多，镶嵌着珊瑚、碧玉、珍珠、翡翠、玛瑙等宝贝。她们喜欢将食盒包在绣花布里，然后用手拎着，还没开吃就已经醉了！

食盒是带着生活温情的物件。在农村生活过的人，都知道夏收夏种、秋收秋种绝对是繁忙的。为避开坏天气，要抢收抢种，俗话所说的"龙王嘴里抢庄稼"就是这个道理。父母亲常常在太阳未出时，趁着凉快去田地里收割，年迈的奶奶在家里做饭，我则担起了送饭的任务。

那时，家里有一个大大的灶台。奶奶忙碌时，身影被白炽灯映照着，在墙壁上晃来晃去。火势不够猛，她便用一根长长的吹管，对着灶下的柴火"呼呼"地吹气，火星子在灶下狂乱地飞舞。厨房狭小而局促，我被烟气呛得呼吸困难。可是在烟气缭绕中掌勺的奶奶那张汗水淋漓的脸，总是隐隐地含着笑意。因为在她的忙碌里，有着无法割舍的、儿孙承欢膝下的满足与幸福。

在熊熊火光里，奶奶快手翻炒菜肴，烟气与香气同在厨房里流窜。待我吃完早饭，奶奶将炒好的菜、稀饭、馒头，一层层地放进那个老旧的食盒里，有时再加一个咸鸭蛋，让我赶紧给在田地里劳作的父母亲送去。每一次，奶奶都嘱咐我一番，让我路上不要贪玩，要赶紧送过去。

出了门，遇见同去田地里送饭的小伙伴，有的提着塑料桶，有的提着竹篮子，唯有我提的食盒与众不同，这让我暗自得意，食盒也尽可能地拿高。到了地里，赶紧招呼父母亲吃饭。他们就近找个阴凉地，一口饭一口菜地吃起来，由于累了好一阵子，吃得格外有味。地里的场面很是壮观，大家在树荫下站着、蹲着，或者干脆一屁股坐在地上，每个人都端着一个大碗狼吞虎咽。

我趁着这工夫，在收割过的地里玩耍起来。地里有很多野生的果子，都是我的最爱。最常见的是叫"黑天天"的小果子，一簇一簇的，豆子般大小，吃到嘴里又酸又甜；比较罕见的是名为"长生果"的野果子，黄澄澄的，透着光亮，外面包着一个气囊样的外衣，撕开气囊，熟透的果香扑鼻而来；运气好时，能找到晚熟的野甜瓜，香喷喷的，咬一口，能甜到心里。

秋天收割过的稻田地，有遗留下的谷粒，还有泥鳅。父亲翻地挖田，我则提个小桶，跟在他身后捡泥鳅。随着锄头的起落，一条条泥鳅从泥巴里翻出来，惊慌失措，弹跳翻滚，我急忙上前，捉住放进桶里。泥鳅捉来，先不忙着烹制，最好把它们放在清水中静养两天，让其吐出体内的泥沙。泥鳅被农家人奉为鲜味，放到油锅里，用小火炸至金黄色捞出，撒上盐、辣椒粉等，又脆又辣，是大家都喜欢的佳肴。

食盒里的味道是独一无二的味道，是不一样的烟火气息。可是慢慢地，用食盒送饭的影像渐行渐远，并逐渐淡出了人们的视线。那个老旧的食盒也渐渐失去了作用，只有奶奶时不时地用它盛放干果什么的。再后来，出现了轻巧便捷的保温桶、保温饭盒等，食盒便彻底底地失去了作用。可奶奶、母亲都舍不得将它丢掉，将它放在厨房的一隅，它也慢慢地被岁月的灰尘覆盖，到最后成了彻头彻尾的老物件。

时至今日，用食盒送饭的经历已然成了过往，并定格在对往昔的记忆里。可是每次看到它，曾经逝去的岁月便在眼前浮现，它用无声无息的诉说，让我记住了那段食与器温暖相伴的日子。

咸菜坛子里的民间味道

腌咸菜是壮观的事儿，全家老少齐上阵，洗的洗，切的切，晾的晾，分工明确，如流水线上的作业，有条不紊。

咸菜是盐水泡出来的美味，是许多人家必不可少的居家小菜，咸菜坛则是必不可少的生活物件。若是没有了咸菜，日子像缺少了点什么，变得寡淡、无味。如今，在屋子的一隅，有当今少有的坛坛罐罐。那些坛子虽有些粗糙，却泡出了让人垂涎三尺的美味，里面仿佛有一生可以回味的宝藏。

幼时，一日三餐都靠咸菜下饭，或佐粥，或佐以主食。记忆中，餐桌上一直没有缺少咸菜的身影。在那段清苦的日子里，正是有了咸菜的陪伴，生活才有了可口的味道。对农村主妇来说，腌制咸菜是最基本的生活技能。家家户户都有一口或几口用来腌咸菜的缸或坛子，它们如同锅碗瓢盆，是居家的生活必需品。坛中之菜随时节而定，春天可选择的余地少，只有香椿、青菜等寥寥几种；夏秋两季可选择的腌菜就多了，夏天有辣椒、黄瓜、苦瓜、洋姜等，秋天则以萝卜、白菜、雪里蕻、芥菜等为主。总之，缸里或坛子里时时都有咸菜，随吃随取。

腌咸菜是壮观的事儿，全家老少齐上阵，洗的洗，切的切，晾的晾，分工明确，如流水线上的作业，有条不紊。老家院子里除了一口缸外，有十余个大大小小的坛子。那是母亲腌制咸菜的工具，也是她改善生活的道具。呼啸的北风一吹，母亲就变成了一只勤劳的蜜蜂，从早到晚忙个不停，洗菜、晒菜、装坛、撒盐、封坛，一道道烦琐的工序让她乐在其中，美在其中。

母亲腌咸菜的手艺了得，远近闻名。芥菜或白菜洗净、晒蔫后，方可装坛，在坛底撒一层盐，铺一层菜，用棒槌捣实；再撒一层盐，再铺一层菜，如此反复，直到坛子装满，压上腌菜石，封好坛口，一坛菜即腌制完了。半个月后，可开坛享用。咸菜放久了，我抱怨菜腌咸了，母亲就说："咸有咸的味道，吃粥配菜，本来就越咸越好。咸了下粥，你少吃菜多喝粥。"

对于咸菜，我印象最深的是香椿头、萝卜干、雪里蕻。幼时，奶奶好在春末腌制香椿头，整整齐齐地码放在大缸里，上面全是白花花的盐粒，抖去盐粒才能看到深绿色的椿芽，洗净了即可食用。切碎，淋上香油，即是一道爽口的小菜。奶奶喜欢用热馒头夹着拌好的香椿吃，或佐白米粥，或作为面条的浇头，自有绝妙的滋味。

奶奶亦喜欢晒酱、晒盐豆，一盆盆、一钵钵、一缸缸，大小高低摆在屋檐下，享受伏天太阳的暴晒。晒酱的第一要事是防蝇，其次是防雨。奶奶把这两件事做得很好，

她把酱缸当自己的孩子那样护着。晒出的酱也不负她的付出，在村里能排上号。进秋入冬，总有婶子大娘端着碗来讨要。

盐豆是闻着臭吃着香，一顿不吃馋得慌。等地里的活忙完了，奶奶即着手捂盐豆。豆子选好、洗净、煮熟后，用笼布包好，装进塑料盆，放于麦穰堆里。半个月

左右，属于臭盐豆的独有气味扑鼻而来，用筷子挑一挑，豆子之间拉出了长长的黏丝。奶奶笑着说："臭豆子捂好了！"声音里有大功告成的成就感、满足感。再放上姜丝、辣椒粉，搅拌调和，置阳光下暴晒，晒至八九分干，即装入坛子。平日食用，只需味精、香油调拌即可。

秋冬时节，家家户户都要腌一缸萝卜干。腌萝卜干看似简单，要想腌好却不易，其中的分寸只有亲为者方能拿捏。萝卜本来是脆的，腌了之后则多了一分韧劲，刚中带柔，口感绝佳。在寒风凛冽的日子里，就着萝卜干喝一碗白米粥，或小米粥，或红薯杂粮粥，那种享受，让人欲罢不能。母亲好腌五香萝卜干，在萝卜干快腌制好时，用辣椒粉、五香粉揉搓，这样腌制的萝卜干可直接食用，嚼起来麻辣又回香，撩人食欲。

相较于其他的腌菜，雪里蕻要炒熟了才好吃。无论是素炒，还是佐以肉丝，火候十分重要。火候不到，难除雪里蕻的涩辣；火候过了，雪里蕻就老了，嚼起来如同草根。高中住校时，每次去学校前，母亲都给我准备一饭盒炒雪里蕻。因放的油多，吃起来口齿留香。同学们都从家里带这样那样的咸菜，大家彼此共享，虽不是饕餮大餐，依旧是香喷喷的，依旧是诱人的。

　　时光改变了许多事，有些事却因时光的流逝而历久弥新，与咸菜有关的记忆亦是如此。秋风渐起时，母亲会用那些老旧的坛子，为我腌制萝卜干、糖醋蒜、雪里蕻等。吃着母亲腌的咸菜，那咸咸酸酸的味儿让我仿佛又回到了过去。一年年，一岁岁，每个人都在时光里老去，却因为一个个小确幸的滋润而有了质感，有了念想。

月饼模子里的花好月圆

奶奶是做月饼的高手，蒸出的月饼圆滚滚、白亮亮，犹如新月般诱人。中秋夜，狼吞虎咽地吃完月饼，就呼朋唤友去晒谷场，边走边唱："月姥娘，八丈高；骑白马，带洋刀；洋刀快，切白菜；白菜老，切红枣；红枣红，切紫菱……"

我是伴着月光出生的。可能是因为出生在月光下，我对月亮莫名地亲近与熟悉，我一直以为月亮是童话的起点，所有的童话都隐藏在月亮里。我最喜欢秋天的月亮，一是秋月皎洁清寥，润泽纯净，像床头的梳妆镜，独具莹澈之美；二是中秋有月饼可吃——或者说幼时对中秋的期盼，其实是对月饼的期盼。

奶奶是做月饼的高手，把花生、瓜子仁、芝麻等炒熟碾碎，掺上红糖，撒上青红丝，浇上香油，和成馅，然后和面，做月饼坯，印图案。印图案的模子有两种，一种为金鱼型，寓意年年有余。一种是嫦娥奔月图案，婀娜多姿的嫦娥抱着玉兔站在月宫翘首以望，旁边是枝繁叶茂的桂树，那复杂的图案让人眼花缭乱。印好图案，即可上屉蒸。很快，月饼的香甜味氤氲起来。奶奶蒸出的月饼圆滚滚、白亮亮，犹如新月般诱人，甜透了整个童年。

幼时，中秋有赏月、拜月的习俗，家家户户设大香案，摆上月饼、石榴、苹果等，不能供梨，否则就"离"

了。月光下，香烛高燃，奶奶依次拜祭月神、兔儿爷。月神是嫦娥仙子，兔儿爷是玉兔，它最喜欢吃毛豆，所以供品要有带枝带叶的毛豆棵。最后由奶奶切月饼，切时，先预算好有多少人，在家的，出门在外的，都算在内，不能多切也不能少切。仪式完了，一家人坐在清凉的小院里，边吃月饼边赏月。

奶奶喜欢望月、望星空，在她的眼中，那些如宝石、如珍珠散缀在浩茫幽远天宇间的群星，都是活活泼泼的生命，都是顽皮地闪着友善眼睛的精灵，都是颤动着银色翅膀的白色小鸟。在她看来，一颗星就是一个生命。她常挂在嘴边的是"地上的人活着，天上的星就亮着"。我一边听奶奶讲嫦娥、吴刚的故事，一边仰头找寻月宫中朦胧的桂树、捣药的玉兔，或是在心里数星星，一颗，两颗三颗，四颗五颗……也不知数到多少，酣然入梦。

中秋夜，最期待的是月亮，有了月亮，才可去户外玩耍。狼吞虎咽地吃完月饼，就呼朋唤友去晒谷场，边走边唱："月姥娘，八丈高；骑白马，带洋刀；洋刀快，切白菜；白菜老，切红枣；红枣红，切紫菱……"稚嫩的声音在寂寥的乡间异常响亮，能传出很远很远。在月光下，可玩捉迷藏的游戏，我们躲在草丛中，看流萤飞影不定的尾灯在清辉中飘忽明灭，听秋虫在微吟浅唱，一颗小小的心常常惊异于天宇中的宁谧与温馨，而忘了游戏。

儿时，月光使沉静的乡村变成了田园诗，变成了山水画。晚饭后，母亲卷一张草席，拖着我到外边纳凉，晒谷场上早已坐满了人。女人与女人说着当家的艰难，小孩子不知疲倦地耍游戏。玩倦了，觑准母亲与邻人絮絮叨叨的当儿，悄悄地躺下来，在习习凉风中进入梦乡。最后又被母亲拧耳朵揪鼻子地唤醒，拖着仿佛不是自己的身体，闭着眼睛往家走，那感觉痛苦极了。

在没有电视、没有冷气的晚上，人与人之间的关系异常亲密。关上灯，父亲一边用葵扇给我扇凉，一边给我涂痱子粉，那痒痒凉凉的感觉，好生受用。月亮像一个圆盘挂在窗前，给狭小的屋里洒一地光华，照亮了我

的脸,也照亮了我的心。我尽情享受这燠热晚上的一刻,假装睡着了,借着月光眯起眼睛偷看父亲,看他的每一下动作,感受他甚少表露出来的慈爱与宽厚。

彼时,商店里也有月饼出售,好像

只有五仁、枣泥两种馅儿。它们被油水浸透的粗纸包着，方纸的中央印着红红的印戳，再用纸绳子捆起来，系个十字扣。五仁月饼里有冰糖、青红丝，吃到冰糖，有时含在嘴里慢慢化着，舍不得咀嚼；有时小口咬着，听冰糖在嘴里"咔嚓咔嚓"地响。至于青红丝，我现在也没弄清楚是什么做的，有一点儿酸酸的特别味道，我常把它们抽出来，再一根根放进嘴里，细细地咂吧、咀嚼。

中秋的月饼香，在蹦蹦跳跳的童谣里飘荡。在一个又一个中秋后，我长高、长大，奶奶一双操劳的枯手，渐托不住昔日蹒跚的孩童。再后来，我外出求学，才真真切切明白了"月是故乡明"的含义。大一那年中秋，初次离家的我与同学们围坐在操场上，一边看着天上皎洁的月亮，一边吃着学校发的月饼，一边谈着在家过节的趣事，说着说着，便被那思乡的情感淹没，许多同学更是情不自禁地哽咽起来。

随着我进城读书、工作、成家，一家人坐在石榴树下话圆月的时光一去不复返了。幸运的是，月饼模子被保存了下来，它们经过了时光的浸染，木色由浅变深，有了古色古香的质感。一年中秋，我突发奇想用模子做了一次月饼，受到了全家人的欢迎。因为月饼模子的存在，我对中秋又多了一分期待。月饼模子用起来也方便，只要在月饼上裹足了面粉，轻轻地敲几下，月饼就脱落下来了。

后来，我又得了梅、兰、竹、菊四种图案的月饼模子，印出来的花纹极为清晰，有素净纯朴的美。那些模子做月饼外，还可用来做南瓜糕、紫薯糕、绿豆糕等，都是美美的。每次朋友收到后，都无比惊艳，毕竟如此精美的模子是不多见的。嫦娥奔月图案的月饼、糕点，更是让人舍不得吃，只想存放起来慢慢欣赏。

时间如水，每每看到那保存完好的月饼模子，我总是情不自禁地怀念儿时过节的无限乐趣，想起儿时的月饼，仿佛那又酥又甜的记忆就在昨天，就在嘴边，因为那里有爱的味道、团聚的味道。哪怕那种味道慢慢消散，只要在尘封的记忆里还有一丝甜味，我依然要咀嚼、品味。

人有悲欢，月有圆缺。月与人共同诉说着完美与残缺的故事。在滚滚红尘的喧闹中，如梭的岁月、荏苒的时光让我发生了很多变化，但我依然是那个月光里的少年，依然装一枚清亮的月在心中。月明人尽望，念及那些时光，我的身体如同蓄满了花蜜的瓷罐，释放出香醇的气息，一颗疲倦的心也如那枚清亮的月般宁静、明亮。

药汤锅的恩典

三爷爷常念叨,药汤锅来自土地,草药来自土地,柴火亦来自土地,人们在土地上得的病,还得靠土地上的东西来化解。

中药是奇特的，活着的时候是植物，死去了便成了治病救人的良药。对中药，我是熟悉的，或者说我是闻着中药的味道长大的。三爷爷是一位中医，为此，我从小便与中药结下了不解之缘。每当我闻着煎药时四溢而出的香气，又似回到了儿时，回到了比汤药更浓烈的亲情氛围之中。

在我幼时，奶奶的身体不好，三爷爷给奶奶抓好药后，母亲负责煎药。煎药是有讲究的，下锅有先后之别，火有文武之分，用母亲的话来说："煎药要心诚，不能乱说话，手要洗净，否则，这药效果不好。药渣更不能随意乱倒，要倒在人气旺的岔路口，让众人把病带走，吃药的人病才能好。"难怪，母亲煎药时，总是把手洗得干干净净，倒药渣时要走很远的路。

草药的味道是一点一点慢慢溢出来的。每一次，当我近距离地闻到从砂锅里散发的草药味时，心里不由得萌生神秘感与敬畏。母亲煎药时的背影以及炉火映红的脸庞很好看，至今仍烙在我心里。多年后，我在一本书中读到:"煎药时要老诚人细心看守,不可炭多火急而沸出,亦不可过煎而药枯,火候得宜则药之气味不损,自得速效矣。"我才明白为什么母亲煎药时总是不假他人,其认真劲也就不难理解了。

煎药的砂锅由陶土烧制而成,造型简单,或者说有些粗陋,锅肚微微凸起,呈椭圆状。新烧制的砂锅为褐色,是土的颜色,后来因天长时久的烟熏火燎,成了黑色。物件虽小,却有了烟火岁月的苍茫。泥土是能给人安全感的物质,《易·系辞传》中说:"安土敦乎仁,故能爱。"经过水的搅拌,经过火的缠绵,泥土可烧制成陶器,这是人近乎本能的创造。

对年幼的我来说,中药是苦的,是涩的,是难以下咽的。如今,我已记不得最早喝汤药是何时了,只记得,感冒了,发烧了,上火了,只要有一丁点儿不舒服,三爷爷就让母亲给我熬碗汤药,然后劝着、哄着、骗着,一口药,一口糖,好不容易看着我喝下去。那大概是我人生第一次喊出一个"苦"字,服药后,甜物过口，对我则是诱惑与补偿，也算是先苦后甜最形象的教育。

空下来的三爷爷，基本就做两件事，一是捧着书看，他的桌子上有许多的药书，如《本草纲目》《黄帝内经》等，我喜欢《本草纲目》，里面有许多栩栩如生的插图，让我对植物有了最初的印象。一是去河滩上挖芦苇根、车前草、马齿苋、蒲公英……然后炮制成药，成为消灾祛病的良物。三爷爷常念叨，药汤锅来自土地，草药来自土地，柴火亦来自土地，人们在土地上得的病，还得靠土地上的东西来化解。

因三爷爷的缘故，我未上学就先识中药了，或者说识字从识中药开始。小小的年纪坐在三爷爷的桌子旁边，模仿大人的样子摇头晃脑，念着"陈皮、山药、车前子……"之类的中药名。虽知半解，却不妨碍我记住那些美丽且充满诗意的名字。那些美丽的名字也让年幼的我对植物充满了无穷的好奇。时至今日，我依然喜爱并敬畏每一种、每一棵植物，并想让它们陪伴左右。

三爷爷是名副其实的良医，他曾对我说："人的五脏六腑是相通相连的，行医最忌讳头痛医头，脚痛医脚。治病之道，其实就是把五脏六腑的关系理顺而已。"这番话一直在我的脑海中萦绕，没事时，常琢磨"理顺"二字，深感其中大有文章。对身体而言，理顺了五脏六腑的关系，身体健康无恙。同样，理顺了生活中的各种关系，生活亦井然有序、悠然自得。

幼时，邻里间谁家有人头疼脑热，可从煎熬中药的香气中知晓，人们会关切地去探望。中药飘香，象征着人与人关系的透明与坦白。那升腾弥散的中药香气，像一家家相互沟通的信息。为此，我一直记着那些与中药有关的日子。其实，中药飘香的日子，就是一段美好的回忆，一段温馨的人生。

从小到大，需要用到药汤锅时，母亲以近乎虔诚的心，小心翼翼地把它拿出来。其实，中药五味俱全，犹如漫漫人生，包含着生活的滋味。汤药入口，由苦到甜，一股暖流在肚肠奇妙地跳荡,让人感受到因苦味带来的淡淡感伤,让人想起吃苦对生命的意义。在纷纷扰扰的生活中,一个人一生之中总会有这样或那样的病痛,偶尔喝点汤药,亦算是一种提醒与思考。

敲打光阴的老门环

那时的院子是深宅大院，从门口到堂屋，大都有一段距离，一般的声响不易听到。铜做的门环敲打时能发出"砰砰砰砰"的声响，在寂静的晚上，异常清晰，如水波般荡向远处。

门环是门上的拉手，其作用等同于现在的门铃，不过比门铃多了一分风情。门环记录了寻常百姓的生活、寻常百姓的故事，亦记录了寻常人间的喜怒悲欢和人世的历史变迁，不时敲打着一颗又一颗渴望回家的心。

门是宅院的脸面，俗称"门脸"。富也好，贫也罢，村里人在造房子时，都把门修得气气派派。铁皮的、不锈钢的，刷着朱红色的、银白色的漆，富丽堂皇。有的门前摆放一对石狮子，威风凛凛，龇牙咧嘴，那张开的嘴，可聚气纳财，可镇宅驱邪，可护佑平安。

门环则是门的脸面，往往被制作得精美讲究，给宅院增色不少。村子里的门环多为铜质或铁质，因图饰的差异、工艺的精劣，各有特色。普通人家的门环多为圆形，美其名曰太阳门环，意味着家家户户开门吉祥。一心想发家致富的人，做一个花盆状的门环，化同发，取其谐音；花盆也象征着聚宝盆，民间的智慧着实让人惊叹。兽头门环少见，只有所谓的"能人"才用此门环，有狮子、老虎、麒麟等，自有威严的气息。

我家老宅的门环是最普通、使用最广泛的圆形门环，不过外沿让师傅镂出如意纹和蝙蝠图形。虽没有兽头门环的威严，也没有花盆门环的精致，却不乏朴素的美。门环是铜做的，经长年的风吹日晒，被包裹上了一层时间的印记，只有手触的地方，铜的本色才显现出来。面对它，像面对一位老人，阅历丰富又平实可亲。

门环美观实用。那时的院子是深宅大院，从门口到堂屋，大都有一段距离，一般的声响不易听到。铜做的门环敲打时能发出"砰砰砰砰"的声响，在寂静的晚上，异常清晰，如水波般荡向远处。门环是生活的见证，亲朋好友敲打过它，远亲近邻敲打过它，家里的老老少少也敲打过它。

年幼的孩子贪玩，一刻也不喜欢在家待着。饭熟了，呼唤孩子的声音便在村子里响起。听到呼喊声的孩子，知道到了吃饭的时间，立刻放下手中的泥炮、铁环、柳条帽，疯着、闹着、嚷着往家赶，如同放养的鸡、鸭、牛、羊，开始返圈归巢。唤我回家的是奶奶。跑回家，她多半倚在门板上，手抓着老门环，保持一个站立、寻找的姿势。"野得也不知道饿。"见我回来，奶奶总说这一句，边说边牵着我进家。

门的一旁是一块青条石，削得平整，棱角被磨得圆滑。奶奶喜欢坐在青条石上，或拿个塑料盆摘豆角、剥毛豆、削土豆，或拿个箩筐穿针引线、缝缝补补，还不忘与左邻右舍的姑婶们闲话家常。青条石，大人喜欢，小孩子也爱，盘起腿，玩跳棋、斗草、摔泥炮、掰手腕等游戏。虽然简单，却玩得不亦乐乎，甚至是忘乎所以。

外出旅行，尤其是去那些古镇、古村落，我都会忍不住寻觅老门环的身影。在山西、皖南的古村落以及北京的胡同，随处可见诸多经历风霜的门环，有的甚至可追溯到明清时期。那些门环在时光的打磨下，"亮"成为形容它的唯一词汇，扣响它，像聆听一个个久远而传奇的故事。一次，我实在经不住诱惑，敲响了一位老乡家的老门环，并在他家里吃了午饭。白米饭晶莹剔透，果蔬鲜美爽口，现在回想起来，齿颊间还留有余鲜。

在丽江古城的巷子深处，有许多幽静的旧宅，它们大抵都有红漆的门楣，黑漆的大门上挂着黄铜的门环。门环在木门脸上烙下了一个个深深的酒窝，酒窝里盛满了时间，盛满了故事，醉倒了门里门外的人。在屋檐下的石阶旁，有相围而坐的老人，他们悠闲地晒着太阳、打着瞌睡。他们和身后铜锈斑斑的门环，以及早已磨得凹下去的石门槛，共同诉说着曾经发生的生生死死的故事，宁静，安详。

时光老去，老门环亦渐渐远去。搬至新房后，门铃经常要换电池，有时甚至听不到声响，我便将从前老宅的门环装了上去。每次回家，我都不急不缓地敲上四下。令我奇怪的是家人的反应，不管早早晚晚，无论谁在家，都会立刻为我打开屋门。开始我也未太留意，渐渐地不免奇怪起来，按照惯例，听到敲门声，应该问问来者的姓名，为什么问都不问就开门呢？

我就这个问题问女儿，她说是秘密。我决定要验证一下。那天下班后,我轻手轻脚地上楼,然后胡乱地敲了几下,等了等,没人答应。又敲了几下,听见屋里有些响动,以为门要开了,却不料从门里飞出女儿的声音:"找谁啊?"我的心一动,怎么换一种敲法就敲不开门了?进屋后,女儿问我原因。当晓得我是故意开玩笑时,女儿笑着给我示范,她学着我的样子在茶几上敲了四下,看了看我,解释道:"'笃笃笃笃',意思就是'我回来了'!"

得知原因后,我不禁莞尔。我之所以这样敲门,纯粹是无意识的。幼时,爷爷卖菜经常晚回家,每次回来,都使劲地敲四下门环,要不然屋里的人根本听不到。时间久了,我不由得记住了爷爷的敲门声。如今,爷爷已经逝去,他的敲门声却被我延续了下来。我也没想到,一个下意识的举动,在家人那里竟有这么浓烈的浪漫色彩。我告诫自己,今生今世,永远以这种方式轻叩家门——"笃笃笃笃",我回来了。

岁月如白驹过隙,时光依旧温暖。门环虽发生着变化，或转换成另外一种方式，但不管如何变化，它都是家的象征，都需要我用心轻叩，永远以家为营，收获家的温暖与幸福。

开在窗上的花

对奶奶来说,剪窗花是快乐的事儿,或者说是不能缺少的事儿,像缝补衣服,像晒制豆瓣酱,是生活,是人生的一部分,是需要认真对待的。

岁末年初，收拾书房，从一本书中掉出十几张窗花，红艳艳的，明晃晃的，让我眼前一亮。看着那一张张窗花，我的眼前浮现出奶奶拿着剪刀剪窗花的情景，似乎听到了"咔嚓咔嚓"的剪子声，那是与岁月和时光有关的声响。

窗花的名字叫剪纸，可我更喜欢叫窗花，这个名字更有美感，更具诗意。窗花是最具风情的民间装饰，也是最美的童年记忆。年关临近，老家的窗户上，总会贴上图案各异的窗花。一张张普普通通的红纸，在奶奶的手中变成了一幅幅美丽的图案，让我既好奇又崇拜。它们像一朵朵花儿在绽放，像一只只蝴蝶振翅欲飞，给老旧的窗户增色不少，也让家焕然一新，爽心又悦目。

窗花是剪刀、手指共同编织的语言、童话。对奶奶来说，剪窗花是快乐的事儿，或者说是不能缺少的事儿，像缝补衣服，像晒制豆瓣酱，是生活，是人生的一部分，是需要认真对待的。奶奶好坐在窗前剪窗花，花白的头发梳得整齐光滑。阳光从木窗格子里洒进来，照在她的白发上、手指上，静谧、祥和。我喜欢坐在对面，凝神看她一剪一剪地剪下去。

剪刀在奶奶的手中，像飞舞的精灵，调剂着寻常的百姓生活。红色的纸屑纷纷落下，我的心中充满了期待。之所以充满期待，是因为我不知道奶奶停下剪刀，会是一幅什么样的图案，我也不知道她到底剪了什么。看着奶奶安详的神态，我想那里面一定藏着一个很美的传说，一个很美的故事。不过，这种等待是短暂的，不大一会儿，一幅窗花就出现在眼前，活灵活现。

奶奶喜欢剪繁杂的图案。一种是百花争艳，这样的花，那样的花，在一起竞相开放。桃花、荷花、牡丹、菊花、梅花，它们超越了季节的界限与轮回，一同出现在一张纸上，花团锦簇，雍容华贵，像女皇武则天号令百花同开一样。在奶奶拿起剪刀的那一刻，她就是高高在上的王者，拥有了让百花齐放的魔力。

一种是百鸟朝凤，或龙飞凤舞图案。龙，或是凤，或是一只只知名、不知名的鸟儿，都惟妙惟肖，形态逼真。我最喜欢龙凤呈祥图案，因它代表了一种喜气，也代表了一种美好的向往。龙的胡须、爪子、鳞片，凤的凤冠、羽毛、凤尾，都轮廓清晰，似乎在下一个瞬间，它们就会活过来，就能翱翔于九天之上。这对于向往天空、向往飞翔的少年来说，是极具诱惑力的。

窗花让许多姑娘为之入迷，剪窗花是她们最愿意干的活儿。她们所剪的图画都与生活息息相关，花、树、太阳、月亮、牛、羊、猫、狗、老虎、兔子……它们无一例外，都成了红色的，都被赋予了喜庆的色彩。在春节的前几天，她们尤其忙碌，忙着剪窗花，忙着将一幅又一幅的窗花贴在窗户上，简陋的屋子顿时生动起来，日子也亮丽起来。

因为奶奶，我从小就对窗花怀有好奇，并且这种好奇与日俱增。后来去陕北，我看到了遍布黄土高原的窗花，它们是荒塬[1]上一道绝美的风景。家家户户的窗户上都贴着这样那样的窗花，绝对没有雷同，全都是独一无二的，哪怕是一幅最简单的"囍"字，都各有千秋，

1　塬：中国西北黄土地区的一种地貌。

各有韵味，更不要提那些图案繁杂的了。

对陕北的婆姨来说，一把剪刀，就是一个多姿多彩的花花世界。毫不夸张地说，她们能剪出存在于世的所有物象。看着那一幅幅窗花，像面对一幅幅或具体或抽象的大美画作，让人很难想象它们出自一群整天与庄稼、与泥土、与柴米油盐打交道的农人之手。她们的文化程度可能不高，她们的想象力却无与伦比，或许剪窗花就是她们与生俱来的本领，是生命的一种本能。

从陕北离开时，我带回了好多幅让人叹为观止的窗花。最心仪的是一棵高大茂盛的树，枝枝丫丫，蓬勃着无限生机。在那些枝丫上，栖息着一只又一只鸟儿，有的沉思，有的展翅，有的梳理羽毛，树底下是茂密的草丛，草丛里有兔子、山羊、狐狸、野猪等动物，这幅剪纸复杂却又和谐。当我第一眼看到它时，不能自抑地萌生了将它带回去的想法，让它陪伴我。

如今，剪纸的历史已无从追溯，但肯定是古老的，它携带着祖先的优雅与美丽，代代相传，从一只手传递给另一只手。因为对窗花的喜爱，听闻女儿所在的学校有剪纸选修课时，我便建议女儿选修。没想到女儿一下子喜欢上了剪纸，一有闲暇，就拿起剪刀，剪花、剪草、剪小动物。看着一张张平淡无奇的纸，在女儿的手中变成一幅幅画，再看着她脸上绽开的笑容，我深感欣慰。

　　时光一天天老去，那些剪纸却长久地生长在记忆里，成为生命中的一部分，根植于心灵的深处，如花儿般，永远绽放，永远美丽。

算盘里的逝水流年

耳濡目染之下,我早早地学会了打算盘。每次见我故作认真"啪啪啪"地拨弄算盘,年迈的爷爷很是高兴,好像他引以为豪的事业有了继承人。

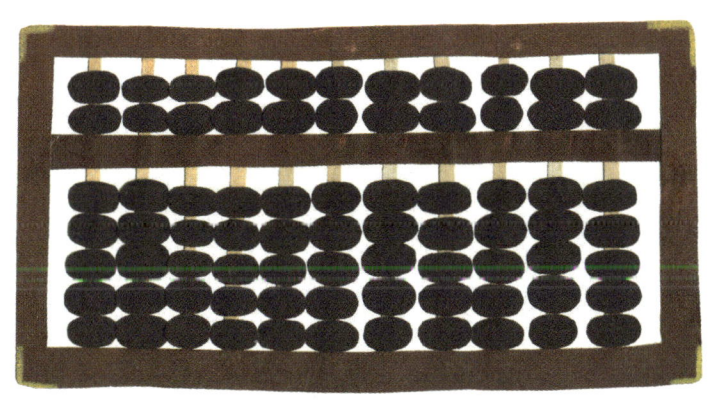

算盘是古老的计算工具，也是被人渐渐淡忘的计算工具。在我家柜子的角落里，放着一把紫檀做成的算盘。一颗颗久经磨砺的珠子，包上了一层晶莹剔透的浆壳，黝黑泛红，光滑圆润，犹如人手上长期把玩的檀木珠子。每次看着眼前斑驳的算盘，都会想起那段被它精打细算的光阴。

最早算盘是爷爷用的，长三十厘米，宽十五厘米，四周用铜皮包角，算框、横梁、算珠都比较重。因长时间的"精打细算"，算盘的轴杆光滑，最常用的个、十、百位的算杆被磨得锃光瓦亮，算珠上原有的黑色也更加光亮，摸起来，十分爽滑。算盘珠子打起来，发出噼里啪啦的清脆声响，悦耳，动听。用爷爷的话说，百听不厌。

爷爷以卖菜为生，一把算盘、一杆秤是少不了的。为了让日子过得有滋有味，爷爷不得不扒拉着算盘精打细算光阴里的寸金寸银。我是在爷爷的算盘声中长大的，那悠扬的唱账声，那铿锵的珠算声，滋润着我幼小的心田。算珠在他的指尖飞蹿，像炒豆一样噼啪作响，像在弹奏一曲美妙的音乐，也让他沉浸其中不可自拔。爷爷常说："算盘一响，黄金万两。"黄金万两倒没有，不过他每次卖菜回来，都给我捎一串糖葫芦或一包糖果，让我解馋。

爷爷的秤也让我好奇，秤杆前粗后细，上面刻着秤星，极具神秘感。我很奇怪制秤的手艺人是如何将小米粒大小的星点镶嵌在秤杆上的，且经年不掉。同时也奇怪小小的秤砣如何称得了重物，且不会压断细细的秤杆。爷爷也教我认秤，可惜我一对上秤杆上的星点，就像面对繁星，头脑昏昏，爷爷只好作罢，笑着说你以后难以当家喽。彼时，一个家的当家人基本识秤，会用秤，有句俗话说"不识秤花，难以当家"。

秤杆的星叫定盘星，也叫准星，为什么叫准星呢？就是在称东西时，一定要称得准，否则就成了黑心秤。爷爷的秤是良心秤，一头挑起人间生计，一头挑起天地良心。他卖菜给人称秤时，秤杆的尾巴总是高高地翘起[1]，每个光顾的人都笑着说，不用打这么高的秤。因为爷爷的秤打得高，每天早早地就收摊了。爷爷说他的秤是笑脸秤，对他来说，秤杆不仅仅是称重的工具，更是对人情的表达。如今，我们用上了电子秤，虽然有科技的精准，却不再有温暖的人情表达。

父亲在年轻时，就显示出与众不同的能力，对大地上的稼穑（jià sè）[2]之事无师自通，也很早就学会了打算盘。他最早的职业是采石场的会计，从工作的第一天起，他就把自己的全部交给了那把算盘，与它不离不弃。同时，他也清清楚楚、明明白白地计算着公与私、贪与廉。后来，父亲又担任了村委会的会计，算盘更是不离身，群众的工分、村民的粮食，都是他用算盘敲敲打打算出来的。遇上哪家需要算账，父亲拿出算盘，一阵拨弄，账目就一清二楚了。

---

1 使用老式杆秤时，所称的货物重量大于秤杆上显示的重量，秤杆尾巴就会翘起来。

2 稼穑：播种为稼，收获为穑。泛指农业劳动。

父亲的一生，经历了一个又一个角色的转换，这些角色成了他人生履历中不可或缺的记录。每一个角色中都有算盘的影子，可以说父亲与算盘打了一辈子的交道，最后他也如同那把算盘，从青春走向了衰老，不变的是他为人为事的认真与一丝不苟。父亲对算盘珍爱有加，一次，他在地头算账，突降阵雨，情急之下，他脱下外衣，裹着算盘冒雨跑回了家，他浑身上下淋了一个透湿，算盘却被裹藏得严严实实。多年过去了，每次母亲说起这件事，父亲的嘴角都溢出一丝微笑。

耳濡目染之下，我早早地学会了打算盘。每次见我故作认真"啪啪啪"地拨弄算盘，年迈的爷爷很是高兴，好像他引以为豪的事业有了继承人。后来，在学校上珠算课，我的水平可与老师相媲美，让老师大为惊奇，也赢得了同学们艳羡的目光。最让我自豪的是曾经代表学校参加珠算比赛。现在回想起来，那真是令人愉悦的美事。

后来，计算器出现了并备受青睐，父亲依然对算盘情有独钟，用他的话说，算盘用得顺手，用得踏实。他常告诫我，做人应该像算盘，堂堂正正，公私分明。父亲退休后，他最亲近的莫过于那把老旧的檀木算盘。晚饭后，微醉的父亲用粗糙的大手在算盘上上下飞舞，清脆欢快的旋律从他粗大的指缝间汩汩流出。此时，父亲是一副心满意足的样子，略显苍老的他真的醉了。

　　"一上一，二上二，三下五去二……"当年这些耳熟能详的算盘口诀随着电子时代的迅猛发展，被人遗忘在了脑后，曾经辉煌的算盘也悄然隐身而退。如今，很少再听到算盘的声音。可是在岁月的长河里，算盘功不可没。爷爷、父亲用它精打细算光阴里的寸金寸银，书写庄严的人生履历。我也不会忘记算盘相伴的日子，以及与之相关的那段往事、那份情感。

井老去无声

村里的井以整块石头雕凿成井栏，质朴，厚重，符合大地的气质。共井而生，邻里就是一大锅浓郁的粥，寻常人家，每天往来进出，即使没事儿，到井边转悠一圈，歇上一息，也是舒畅快意的，人生百味尽在井边铺展。

井是远离河流而居的古人的一大创造，有了井，人类可从沿海、沿江地带向内地深入，实现从傍河而居到凿井而饮的转变。古往今来，人们对井极为敬重，因为井与他们的生活休戚相关，是一啄一饮的相依相伴，是不离不弃的烟火日子。在生生不息的井水里，亦潜泳着我童年的快乐、憧憬与向往。

日出而作，日落而息，凿井而饮，耕田而食，是古人的生活场景。《清明上河图》展现了汴京的繁华美景，画卷的末尾是临街的井屋，屋里是一口大大的四眼方井，旁边有人在用木桶汲水，神情生动，细致入微。画面的右侧，是车水马龙的市井和绚烂夺目的城市文明。由此可见，在宋代，商贩因井得以聚合，街市因井得以形成，井是功不可没的。

"杨叶垂金砌，梨花入井阑。"我是在井边长大的孩子，目睹了井在村里人生活中受重视的程度，生活的每一天都与井密不可分，喝的用的都是井水。每家都有一口或两口盛放井水的缸，以及挑水的水桶、扁担。对我来说，井像一个老伙伴，忠实地陪伴着我。彼时，我对井的印象像村头听来的那些农谚，朴实且玄妙，以我幼小的脑袋，实在难以理解为什么黝黑的泥土能变出水，并且是清澈的水。这样漫长的疑惑，对井来说只是难以觉察的一瞬。眨眼间，它已在天地间静穆了多年。

村里的井以整块石头雕凿成井栏，质朴，厚重，符合大地的气质。共井而生，邻里就是一大锅浓郁的粥，寻常人家，每天往来进出，不经意间，总有一两件事能触动对方的心扉，在不断的生活交叉中，看出对方的秉性喜好。井边是街谈巷议的发源地、传播地，"张家长，李家短"多数在这里展开，即使没事儿，到井边转悠一圈，歇上一息，也是舒畅快意的，人生百味尽在井边铺展。

夏天的晚上最热闹，男女老少好在井边纳凉，孩子们围着井乱跑。玩累了，就小心翼翼地趴在井台上往下望，井水在月光的照射下，明晃晃，白亮亮，我们的倒影也依稀可见。此时，月光透过井边那棵老槐树的叶子斑驳地洒在井台上，可以看到井台的砖缝间长满了浓密的苔藓。井栏被岁月磨平、磨光，在黑暗中闪着神秘的微光。井边有蛐蛐在不知疲倦地鸣叫，宛似天籁。

井是大地的眼睛，它连着地心的那股清澈，犹如温和或忧郁的眸子，在天地万物间安静地眨动。它的脉搏连着大地的心脏，每一次搏动，每一丝温度，都牵挂着你我感觉不到的地下世界。在炎炎的夏季，从井里打上来的水是清凉的，喝上一气，那叫一个舒坦。经常有赶集或做其他事情路过的外乡人，来井边讨水喝。喝饱了，歇够了，起来伸个懒腰，继续进行未完的事儿。

井映在不同人的脑海里，得到的是不同的镜像。在史学家眼里，它是历史；在游子眼里，它是父亲的驼背、母亲的眼泪。"朱阁前头露井多，碧梧桐下美人过。"在井边，美人不常见，常见白发苍苍的老人，他们对着井发呆，或傻傻地笑着。他们的神情，让我想起"背井离乡"这个词，似乎有一股凉意从心底渗出，且绵绵不绝。

离开家乡后，井在我心中的分量越来越重。对离开故园的人来说，井已不是单纯的水源，它是故园的符号。清代蒲松龄有写游子思乡的小曲，有一段写道："七月里，到秋间，听寒蝉，桐叶飘飘，下井栏。"读来，颇有感慨。其实，每一个离开故园的人心里都实实在在地背着一口井，虽沉滞苦重，疲累不堪，却终究不愿放下，像一位诗人说的那样："异乡没有故园的井，而他们的灵魂，有着永远的渴意。"

井是憨厚朴实的劳作者，酿就了淳朴的民风。井是慈祥悲悯的长者，庇护着后代的子子孙孙。井是美德，是骄傲，是逝去的岁月。然而，不知从哪天开始，那些井像迟暮的老人，一个接一个离开了。它们或被遗忘在一边，大而厚的石盖将它们的视线阻断；或首尾不连、分崩离析在一旁，长满暗绿的青苔；或身躯被填埋，只剩一口孤独的井栏，昭示着它的存在；或在推土机下，化作一缕游魂，在天地间消失无痕。

一口老井就是一段汲饮不尽的悠长岁月，不能汲水的井如同断弦的琴，铿锵一辈子，却在刹那间戛然而止，让人心痛不已。那些逝去的老井让思念断了线，让血脉断了根，让记忆也变得残忍。我时常坐在书桌前，什么都不想，什么都不做，思索着如何来铭记老井远去的弧影，如何来记录那段逝去的井边时光。

农具在时间深处闪光

每一户农人对农具都宠爱有加,院子里都有一间专门放置农具的屋子。农具亦分门别类地存放着,有的放在地上,有的挂在墙上,井井有条。

农具，先人赖以生存和传延香火的根本。从石器，到木器，再到铁器，是绵延不绝的传承。在漫长的时光中，农具发挥着巨大的作用，形成了诸多门类，如木制的推板、木锨、连枷，如石制的碌碡、磨刀石、石碾，如铁制的镰刀、锄头、铧犁、耙……它们让人与土地的关系更牢固，更情深意浓。

寒来暑往，有的农具消失了，如河埠头的水雾，氤氲消散；有的农具闲置在岁月的一隅，像逝去的前尘故旧；有的农具依然发挥着作用，是家里不可或缺的成员。消失也罢，闲置也好，发挥作用也好，它们都在时间深处熠熠闪光，铭记、唤醒着一个民族的记忆。

农具是乡里人家必备的寻常之物，也是乡人最忠实的陪伴。我与农具接触得不多，可我深知并理解父辈对它们的感情，它们带有父辈的温度。农具的种类很多，且都有妙用，有犁地的，有除草的，有收割的，有脱粒的，有辅助用的，它们固守在自己的位置上，如标杆般挺立。

铧犁是耕地用的代表性农具，由木制的犁体和装在犁身前下方的铧构成。铧犁是大块头的农具，也是父亲的专用农具。犁地需要体力，需要技术，犁深了会翻出生土，犁浅了禾苗扎根不牢，犁地的深浅一定要适中。父亲犁地时，一会儿压着犁，一会儿又提着犁，随时调整，不断变化，黑色的泥土像波浪般，在身后翻起。

犁翻过的土地舒展在开阔的晴空下，等待着新一轮的播种。犁完地，需用耙将翻耕过来的、大的土块捣碎弄平。在耙的莳弄、击打下，不规整的土地变得平整起来，一块块泥坷被翻起、打碎，在风和阳光的作用下，变成了细细松松的土粉，成了种子、秧苗最柔软的床。

耙耧地以外，可耧柴火。麦收后，大片的麦田横陈在天空下，辽远，空旷，留在田里的麦茬根成了孩子们竞相寻获的"猎物"。铁耙像一把巨大的梳子，一缕一缕，细细密密地梳理着麦茬地，把藏匿和遗留的连泥带土的麦根都掏了出来。接着要磕掉麦茬根部绾结的泥土。当我的手抓住麦茬时，一种亲切的感觉通过手指传遍全身，仿佛抓住的不是用来烧火做饭的柴火，而是生活的全部恩赐。

"锄头响,庄稼长。"锄头是间苗、除草用的工具,由长木柄、铁锄板组成。锄禾最辛苦,须在烈日下——日头越毒,锄下的草越能在最短时间里死亡。庄稼与草,或者说人与草,在旷野上进行着一场没有硝烟的战争,锄头则成了决定成败的关键性武器。

锄禾,乡间流行着"三铲三蹚(tāng)[1]"的说法,即每铲一遍要蹚一遍,在这个过程中,锄头被打磨得如镜面般光亮。"锄禾日当午,汗滴禾下土。"没锄过禾的人,难以想象其中的滋味。我曾肩扛着锄头,跟着父母去锄禾。边锄边往后退,同插秧一般。俯首之间,大把大把的汗珠慷慨地泼洒给脚下的土地,似乎在亲吻大地,似乎在与大地交谈,我也坚信我的汗珠能生根发芽。

镰刀,最古老的农具之一,由弯状刀片、木把构成。旧时,所有的收割都用镰刀,一镰在手,足以纵横四野。在手臂挥动间,在与镰刀的亲密接触下,麦子、大豆、

---

[1] 蹚:翻土除草。

高粱、芝麻、稻谷等，纷纷脱离大地，等待着藏进村里人的粮仓，给村里人提供庇护。在那一刻，镰刀是主宰一切的利器。

脱粒用的农具是碌碡，用巨大的青石凿成，表面光滑，是打麦场上的主角。碌碡滚动，秸秆发出"哔哔啵啵"的响声，一粒又一粒粮食从秸秆上脱离而出。晒干后，进入粮仓，再端到家家户户的餐桌上，最后进到农人的肚子里。有了收割机，碌碡、镰刀渐渐退出了农耕的舞台。碌碡被移至农家门口或村边人们聚集的地方，当坐榻，当餐桌，继续发挥着作用。

辅助用的农具说是辅助用，亦必不可少，如木锨、竹筐、扁担、木杈、簸箕、斗笠、蓑衣、草帽等，各有其不可代替的功用。木锨是在麦子或谷物脱粒后，除去叶子、灰尘时所用，多在侧风向，采用扬撒的方式，使灰尘、碎叶等杂物随风飘走。草帽用麦秆编织而成，虽只是一顶小小的帽子，却能阻挡夏阳如火的炙烤，防止中暑或被晒晕过去。

蓑衣和斗笠是农人遮风挡雨的工具。大雨滂沱，正吃着饭的父亲把碗一推，戴上斗笠，披上蓑衣，抄起一把铁锹，一个急转身，冲进了风雨里，留下的是半句"我到稻田里看看去"，以及一个倔强、坚忍的背影。有时在地里劳作，突遇暴雨，父亲急匆匆回家，穿上蓑衣斗笠，又急匆匆地回到地里。

木杈是垛草垛的必备工具。麦子、水稻收割后，人们把它们晒干，垛成草垛。一个个大大小小的草垛像一簇簇蘑菇，又像一座座金字塔，散发着暖暖的光芒。农忙完，每家每户的劳力开始忙着垛草垛。垛草垛，看似简单，要想垛得高且结实，委实不易。技术高的，垛出来的草垛实在、漂亮，像一件艺术品。反之，松松垮垮，像突出的大肚子，或者还没封顶就塌方了。

垛草垛须两个人合作，一个续料，一个摊匀，技术的含量全在后者。草要摊平，要踩实到边，如此才能匀直向上，否则，中途会歪倒。父亲是垛草垛的高手，硕大的木杈在他手中飞舞，忽上忽下，忽左忽右，像变魔法。

父亲常说，慢工出细活，只要有耐心，草垛是不难垛的，若是漫不经心或心浮气躁则永远垛不好。

每一户农人对农具都宠爱有加，院子里都有一间专门放置农具的屋子。农具亦分门别类地存放着，有的放在地上，有的挂在墙上，井井有条。父亲精心侍弄那些农具，该清洗的清洗，该修补的修补，该擦油的擦油，铁器农具上的锈打磨得干干净净。那神情，专注神圣，像士兵面对枪，像医生面对手术刀，那是他赖以谋生的工具。

终日劳作的父亲，手上生满了厚厚的茧子，有锄头留下的，有镰刀留下的，有斧头留下的，有木杈留下的……父亲丝毫不介意，因为那些农具就是他的老伙计，那些茧子是与它们沟通的媒介。有些时候，我觉得父亲蹲在一堆农具里，像一尊老去的雕塑。

时间的风刮走了一切，有些与农人的生活密不可分的农具逐渐退出了舞台，躲进了时间的深处，也躲进了乡村记忆的深处。可是对父辈，乃至对我来说，这辈子都无法将它们忘记。农具像久远、亲切、琐碎的乡间事物，与遥远土地上的村庄，与曾经抛洒的汗珠，共同构筑了思念与精神的家园，让我想起纯净的空气、明亮的阳光，以及让季节意味深长的粮食。

　　一位哲学家曾言，一个人的肉体地理可以是多地域的，但是精神的原乡只能有一个。我精神的原乡有一件件农具在闪光，那也是我的故园。

岁月里的磨刀石

小时候，我对磨刀石又爱又恨。爱它的时候是母亲用来磨菜刀，恨它的时候是父亲用来磨镰刀。

磨刀石曾是乡村生活必不可少的物件，在每家每户的院子里都能看到它的身影。在那或宽或窄的石面上，在那"呜哧呜哧"的磨刀声中，光阴不知不觉就年复一年地老去了。如今，打磨走了无数春去秋来的磨刀石也老去了，孤独地守在房屋的一隅，静默无声地诉说着曾经的似水流年。

平常人家过日子，镰刀、斧头、剪刀、菜刀等铁制品是少不了的。用的次数多了，它们免不了钝了，或长时间不用免不了生锈，这就少不了要用到磨刀石。家里的磨刀石是一块长方形的青条石，比砖头略窄、略长，上面光滑如镜，下面略显粗糙。因长年使用，中间被磨得凹了下去，像岁月勾画出的曲线。

对农村人来说，磨刀天生就会，也舍得花力气。经常见父母亲磨镰刀或菜刀什么的。父亲的动作麻利、熟练、有力，他用手腕轻轻压住刀背，刀身与磨刀石倾斜相接，来回磨刀刃，神情专注又慢条斯理，一点儿也不着急。他的身旁放着一盆清水，不时泼点水在石头上，"嚓嚓嚓，嚓嚓嚓"，约莫几分钟，刀就磨好了。只见父亲用手指在刀刃上试探，看那刃口有无反口，以此来判断刀的锋利程度。

小时候，我对磨刀石又爱又恨。爱它的时候是母亲用来磨菜刀，恨它的时候是父亲用来磨镰刀。当时生活贫乏，平日多以蔬菜果腹，只有过年过节，或家里来了客人，才能吃到鸡鸭鱼肉等荤食。切肉剁鸡前，母亲要用磨刀石把菜刀磨一下，否则切起肉来费力气。一看到母亲拿起磨刀石，我就不由得兴奋，因为那预示着很快就可享用一顿美滋滋的大餐。

当父亲拿起磨刀石，我知道即将进入农忙时节。那时，所有的农活都借助镰刀、锄头之类完成，尤其是割麦子、大豆、稻谷等，都少不了镰刀的身影。所以，镰刀的锋利与否至关重要。一把锋利的镰刀能节省不少的时间，也能节省不少的力气，像俗话所说的"磨刀不误砍柴工"。每到农节，父亲就早早地起来磨镰刀。大大小小的镰刀一字排开，像列队在大地上等待检阅的士兵。

当我睡意蒙蒙地从床上爬起来，父亲已经下地了，只留下几把锃亮的镰刀在晨光下熠熠闪光。

除去自家的磨刀石，村子里有走街串巷的"磨剪子来——戗菜刀——"的手艺人。他们是未见其人先闻其声，老远就能听到那抑扬顿挫的吆喝声。在阵阵吆喝声中，东家的奶奶、大娘，西邻的婶子、嫂子，南院的大爷、叔叔……如同接到命令般，纷纷从家里聚集而来。年迈的奶奶从针线篓里翻出几把半新不旧的剪刀，居家的主妇拿出钝了的或豁了口的菜刀，大爷、叔叔拿出劈柴的斧头、锄地的锄头等，大家把需要打磨的家什都搬了出来。

磨刀匠的工具也简单：一个长条凳，一块厚厚的磨刀石，一只小水桶，一副砂轮，足矣。他每次来，我都在一旁好奇地看着。只见他劈腿骑在长条凳上，用手捏着菜刀或剪刀的柄，在砂轮上淋点水，磨起来，不时用手指在刀刃上轻试锋口。砂轮"呲呲"转动着，曾经锈迹斑斑的剪刀或菜刀，逐渐亮起来，如同涅槃重生，引得围观者发出"啧啧"的赞叹声。

磨剪子也好，戗菜刀也罢，都有讲究，看似简单，实则是技术活。戗菜刀要先看刀口的钢是软还是硬，硬的要用砂轮打，软的用戗刀戗，完了再用磨刀石磨。一把磨得好的刀，刀口是一条直线，否则刀磨不光亮，也不锋利。相比而言，磨剪刀更是不容易的事儿，因为剪刀有四个刀面，磨时要注意上下左右的均匀，否则会导致刀面合不拢，用起来不得力。剪刀磨好后，要把剪刀的铆钉敲紧，再用废布条试剪一下，看看锋利与否。

生活日新月异，镰刀、斧头、锄头等农具逐渐消失在日常生活中，取而代之的是现代化的收割机、脱粒机。再后来，菜刀、剪刀也少有人去磨了，钝了、锈了、豁口了，就换把新的。磨刀石连同"磨剪子来——戗菜刀——"这个一度极其平常却又与人们日常生活息息相关的吆喝声，一起退出了生活的舞台，成为似水流年里带有美好回忆的符号。

如今，那块中间已经凹下去的磨刀石也失去了原有的作用。我不忍心丢弃它，将其放至书房里，当作镇纸使用，也算是物尽其用。逢年过节，父母亲来家小住，总嫌菜刀不锋利，用起来不顺手，免不了把磨刀石找出来，一边磨，一边念叨着："刀都钝成这样了，不磨咋用啊？"那神情是怀念，也有一丝丝落寞。

光阴老去了，磨刀石老去了，父母亲也在不断地磨砺中老去了。我最终也会像它那样布满岁月勾画的曲线，可是它毕竟真实地存在过，我们也曾真实地生活过！

鞋拔子里的旧时光

这个鞋拔子并不是什么值钱的古玩,于我却是极珍贵的物件,它经过了岁月的抚摸,承载的是一代又一代生命与爱的延续。看见它,我会想起对我宠爱有加的奶奶。

鞋拔子是穿鞋时的辅助用具，形似牛舌，表面光滑。使用时，脚掌伸入鞋内，将鞋拔子插入鞋后跟，脚顺势蹬入，可轻易快速地把鞋子穿好，然后将鞋拔子抽出，方便有效。每次看到鞋拔子，都会勾起难忘的记忆。

对鞋拔子，我是不陌生的。最早接触的鞋拔子，是奶奶出嫁时的陪嫁品，铜制的，包浆圆润，顶端是一朵绽放的莲花，雕刻精美生动。幼时，脚上穿的鞋是奶奶做的布鞋，新做的布鞋偏紧，穿鞋时要使用鞋拔子。奶奶把鞋拔子的前端插进鞋跟内侧，用力一提，鞋子就穿上了。奶奶一边帮我提鞋，一边念叨："等你长大了，奶奶就老了，连鞋都提不起来了，怎么办啊？"

每一次，我都会说："等奶奶老了，我给奶奶提鞋，还要给奶奶做好多好多好吃的，天天炖肉。"在儿时的印象里，能天天吃肉就是莫大的幸福。奶奶听了，布满皱纹的脸上荡出幸福的笑，像门口架子上的南瓜花。没事时，我缠着奶奶讲她年轻时的事儿。原来，鞋拔子是姑娘出嫁时必备的陪嫁品。这枚铜鞋拔子，奶奶出嫁之前就开始用了，少说也有一个多世纪了。

奶奶做的布鞋是人们常说的千层底。不了解的人，以为做布鞋很简单，无非是纳个鞋底，做个鞋面。其实，做布鞋是极细致烦琐的活儿，从鞋面到鞋底要经过多道工序，剪鞋样、糊布壳、拧绳子、纳鞋底……不能有丝毫的马虎。奶奶做起鞋来不厌其烦，每一道工序都一丝不苟，精益求精。

奶奶做出的布鞋异常美观，白净的鞋底，精致的鞋面、鞋袢，让人赏心悦目，用她的话来说是"刮净"。美观以外，奶奶做的布鞋柔软、轻便，且透气、不磨脚，穿在脚上舒适极了。她的儿孙辈都是穿着她的千层底长大的，每一块布，每一针线，每一抹糨糊，每一滴汗，都凝结着奶奶的心血。她将对儿孙的关心、叮咛、担忧、宠爱，都一一纳进了鞋里。

奶奶的针线活在村子里是出了名的，从明眸皓齿的新嫁娘，到白发苍苍的祖奶奶，她的针线活一直被村里人传说着。谁家要是遇到女儿出嫁或添丁的喜事，总要请她帮忙，做个压箱鞋、枕头套、虎头帽之类的。听奶奶讲，我小时候穿的棉衣都是她一针一线缝出来的。

她做的虎头鞋更漂亮，虎虎生威，充满了灵气，像精美的工艺品。那时，村子里若是谁家添了孩子，总要来求奶奶做一双虎头鞋。布料、彩线之外，少不了给奶奶带来些麦乳精、鸡蛋、罐头之类的，多数都到了我的肚子里。奶奶最喜欢那种金黄色的缎子布料，因为黄色代表了富贵吉祥，小孩子穿在脚上，能够虎头虎脑、壮壮实实地成长。奶奶做鞋时，神情专注，动作娴熟，不时地将针尖在发际边轻轻地划一下。

后来，我不再穿奶奶做的千层底了，那枚鞋拔子也就自然而然地失去了它的功能。可它并没有被我遗忘，我时不时地拿出来，拭去铜绿，让它又泛出本来的光泽。这个鞋拔子并不是什么值钱的古玩，于我却是极珍贵的物件，它经过了岁月的抚摸，承载的是一代又一代生命与爱的延续。看见它，我会想起对我宠爱有加的奶奶。

旧时民间，男女老少都穿布鞋，鞋拔子是不可缺少的，家家户户都要用到它。除去实用性，也蕴含诸多寓意，就鞋拔子的发音来说，寓意着"拔除邪恶"，正是这种"驱邪、镇邪、祛邪"的心理，使它成了吉祥之物，承载了老百姓寄托的和谐、拔邪、提携等多重愿望。为此，各式各样的鞋拔子才不会因物小而粗作，而是精美、富丽、高雅。

出于喜爱之情，我开始留意鞋拔子的身影，并陆续寻得了十余枚，皆做工考究、纹饰精美。它们多为旧物，上面有当时生产商的名号，且图案、纹饰花样繁多，有的刻有福禄寿喜、龙凤呈祥等图案，有的刻着四季平安、花开富贵、年年有余等文字，通俗易读、寓意美好。一枚小小的鞋拔子，竟让人如此"煞费苦心"。

闲暇之余，我也从书中去寻觅鞋拔子的踪迹，琢磨起它所记录的文化与历史。清楚记述鞋拔子的是清代的李光庭，他在《乡言解颐》中说："世之角，牛者为用多矣。而其因材制器，审曲面执，以成其巧者，莫鞋拔若也。"我曾得到一枚颇有意思的鞋拔子，上面刻有青莲、双鱼图案及清正廉洁字样，像在时时提醒为官者只有像青莲那样出淤泥而不染，才能得到"提携""提拔"，进而步步高升。

鞋拔子，一个普普通通的提鞋物件，亦曾提携了旧光阴、旧习俗。如今，在历经时光的磨砺与冲刷后，它又焕发了妙趣横生的美感，成为供人缅怀时光的老物件。

汤婆子暖

自从有了汤婆子，我再也没喊过冷，暖烘烘的汤婆子带给我的是暖和、舒坦。年迈的奶奶更是乐得不得了，汤婆子成了她冬天的好伙伴……在西北风狂吹的寒冷夜里，在被窝里放一个汤婆子，一整夜都热乎乎，其中的惬意只有亲历者方能体会。

汤婆子是旧时百姓家里常见的取暖用品，因其如同婆婆般的贴心，故称汤婆子。汤婆子是一种扁的汤壶，装满滚烫的热水，可暖手，晚上放进被窝里可暖脚，十分舒服。

幼时的冬天比现在的冬天冷，动不动就滴水成冰，雪也是没完没了地下，一场接一场，且每一场雪都下得尽兴，好像雪对大地的思念从未停止。雪下得肥而大，大雪封门更是常有的事。大人小孩，经常手脚冰凉。晚上睡觉，被窝也是凉的。为此，奶奶好盘坐在被褥上，如打坐的僧人，更像神话里的菩萨神仙，慈眉善目。当我钻进被窝时，暖乎乎的，舒坦极了。奶奶喜欢用干涩的手抚摸我的头，抚摸我的脸。她一边隔着被子抚拍着我，一边哼着我不懂的曲调，有时念念有词："菩萨保佑，长啊，长啊！"

为了取暖，母亲想尽了办法。她曾去卫生院找来些盐水瓶，晚上装满热水后用毛巾包起来，放到被子里暖脚。不过盐水瓶的保温时间短，若是直接把脚搁在上面，容易烫伤。后来，有了暖水袋，但若是盖子拧得不紧，容易漏水。不过比起盐水瓶，有了大大的改观。再后来，父亲从外面捎回来两个汤婆子，保暖又安全，让我高兴了一番。

父亲捎回来的汤婆子用纯铜做成，扁扁胖胖的，像一个椭圆的南瓜，憨态可掬。精巧的铜丝提把散发着黄铜的质感，表面衬着些简单的阴刻花纹，很是不凡。铜壶上方开有一个带螺帽的口子，热水从此处灌进去。灌足了开水，旋好螺帽，以防渗漏。为使用方便，母亲做了一个布套，笼在汤婆子上面，如此既不会烫伤腿脚，又可以延长壶内热水的续温时间。

自从有了汤婆子，我再也没喊过冷，暖烘烘的汤婆子带给我的是暖和、舒坦。年迈的奶奶更是乐得不得了，汤婆子成了她冬天的好伙伴，昼夜不离身，白天暖手，晚上暖脚，早上洗脸，一举三得，方便又实用！在西北风狂吹的寒冷夜里，在被窝里放一个汤婆子，一整夜都热乎乎，其中的惬意只有亲历者方能体会。

汤婆子是一种古物，宋时即已出现，民间称锡夫人、汤媪、脚婆等。苏轼在写给朋友的信里曾提及："送暖脚铜缶一枚。每夜热汤注满，密塞其口，仍以布单裹之，可以达旦不冷也。"范成大留下了《戏赠脚婆》诗："日满东窗照被堆，宿霜犹自暖如煨。尺三汗脚君休笑，曾踏靴霜待漏来。"因为有了汤婆子，日上三竿了，诗人还不想起床。由此可见，在千年的时光里，汤婆子给多少人带来了温暖与慰藉。

传统的汤婆子多以黄铜为材质，形状扁圆，中空，底略平，面上有拎把，大小因需而异。那时有专门打造它的师傅，手艺的好坏取决于灌水口的密封程度，滴水不漏才是上品。之所以对灌水口要求高，是因汤婆子除了焐手外，多用于夜晚暖脚，睡眠中翻来覆去，若是漏水那还了得？当然也有偶尔盖子未拧紧而漏水的，第二天抱着被褥去晾晒，邻居见了笑嘻嘻地打趣："怎么了，昨晚尿床了？"

后来，随着暖手宝、电热毯、取暖器的出现，汤婆子渐渐从生活中退出了。如今，随着怀旧风潮的流行，融取暖功能与文化韵味于一身的汤婆子又重新吸引了人们的目光，原已积满了历史尘埃的老古董又成了暖手的佳品。不过，如今的汤婆子更加精致，有的做成花型，有的雕花刻字，有的篆龙刻凤，又多了一分雍容，多了一分华贵。

汤婆子重新出现在家里，是在女儿出生后。母亲翻箱倒柜，把以前用过的汤婆子找了出来。女儿睡觉前，母亲灌好汤婆子，罩上布袋，放进她的被窝里。看着母亲熟练又熟悉的动作，我的眼角湿润了，回想起儿时寒冷的冬天，母亲每一缕深情的目光，每一遍轻柔的抚摸。

"布衾纸帐风雪夜，始信温柔别有乡。"虽然时光不再，但好的东西总不会被人遗忘，就像给人温暖的汤婆子。每次看着女儿熟睡的样子，看着母亲脸上洋溢的笑容，都是莫大的幸福。伴着汤婆子入睡，就是伴着时光入睡，我能从中感受到昔日时光的脉动，那是难忘的回味，那是懒懒的暖。

油布伞撑起的天地

去学校的路上,如果遇上没带雨具的同学,我赶紧招呼他们钻到伞下,一起结伴而行。听着雨水滴在伞面上"嘭嘭"的声音,看着伞骨上流着一滴滴晶莹剔透的水珠,内心充满了快乐的慰藉。

记忆深处一直有一把伞的影子，那把伞是黄澄澄的油布伞，散发着浓郁的桐油味。它在雨中散发着淡黄的明亮，像一朵艳丽的花悄然绽放，也绽放在青葱岁月里，成为一份美好的见证与记忆。

　　伞是古老的遮雨器具，相传是鲁班的妻子发明的。为了让鲁班在野外做工时免受雨淋之苦，她"劈竹为条，蒙以兽皮，收拢如棍，张开如盖"。在其后的时光里，伞是挡阳遮雨的日常用具，也是嫁娶婚俗中的礼仪物品，更是文人墨客笔下的一种意境、一缕情愫。在千年、百年的时光里，伞无时无刻不在演绎着各种情感，诉说着分分合合的故事，它也因此鲜活在诗里、词里、画里、传说里。

　　伞最初的名字叫"盖"，即皇帝出巡时车顶上的华盖，是皇家威仪的组成部分。于我而言，油布伞是童年的陪伴。那时，少有人家有伞，下雨了，裹块塑料布就出去了。后来，贩卖青菜的爷爷带回一把油布伞。木制粗壮的伞柄，竹篾制成的撑架，覆着一层厚厚的黄油布。

油布内面一根粗壮的竹枝，支起八节细嫩小竹，折叠自如，灵巧好用。看到油布伞，我顿时有了惊艳的感觉，那也是发自内心深处的欣喜。

雨天，奶奶撑着油布伞接送我上下学。伞里面的我，一边走，一边用细碎的脚步踢打着雨水，甚至跳出伞的笼罩，踢得水花四溅，惹得奶奶急匆匆地追赶我。我一点儿也不担心，因为我知道雨滴是不会落在我身上的。多年后，每每看到那把伞，我就恍如行走在儿时的雨中，耳边响起奶奶追赶我时急促的喘息声，眼中是奶奶被雨水淋湿的白发，贴在她的额头上，一缕又一缕。

后来，我独自撑着油布伞，走过无数有风有雨的日子。油布伞虽硕大笨重，但罩的范围大，用着方便，再也不会遭受雨淋之苦。去学校的路上，如果遇上没带雨具的同学，我赶紧招呼他们钻到伞下，一起结伴而行。听着雨水滴在伞面上"嘭嘭"的声音，看着伞骨上流着一滴滴晶莹剔透的水珠，内心充满了快乐的慰藉。现在想来，当时那雄赳赳、气昂昂的样子真可笑。

时间久了，用得多了，伞撑就折了。再加上更轻盈、更美观的尼龙伞问世，那把厚重的油布伞被我抛置一隅。爷爷却舍不得把它丢掉，他找来了铁锤、螺丝、篾刀、锯子等，动手修理起来，先削伞骨，水浸、晾晒，然后钻孔、拼架、穿线，把柔软的竹篾从小槽中插起穿过去，修修补补，把伞撑又接上了。那把老旧的油布伞又可以发挥作用了，不过，使用它的人换成了爷爷，再后来变成了母亲。

　　母亲对那把油布伞宠爱有加，它可遮雨，可遮阳。遇到雨天，她撑着它去车站接我回家。我也不像小时候那般顽皮，和母亲走在伞下，伞外细雨飘洒，伞内干燥温暖，家长里短，笑声不断。一个风雨交加的晚上，我因淋雨起了高烧。父亲背我去卫生所，母亲在一旁给我们撑伞。他们一脚深、一脚浅地奔走在泥泞的乡村小路上，父亲的体温透过衣衫传递给我，温暖而沉静。

　　在父母亲的呵护下，我像一只离巢的雏鹰，越飞越高，越飞越远，那把油布伞也被渐渐淡忘了。其实，它一直在母亲的手中发挥作用。对母亲而言，那把油布伞是千金不换的珍宝，它凝结着母子深情，也传递着一份温情、一份疼爱。为此，那把油布伞虽饱经风雨，却一直厚重在岁月里，坚守在岁月里。每次看到它，那些逝去的美好过往就重新浮现在眼前，恍如昨日。

长大后，我发现伞中有说不完的故事，有青春的憧憬，有纯真的情感。最深入人心的当属《白蛇传》里的油纸伞，许仙、白娘子以一把油纸伞为媒介，演绎了惊天地、泣鬼神、传千古的爱情绝唱。后来，读到诗人戴望舒的《雨巷》，内心更是充满了憧憬，期待能有那样美好的邂逅，"撑着油纸伞，独自／彷徨在悠长，悠长／又寂寥的雨巷／我希望逢着／一个丁香一样地／结着愁怨的姑娘……"

一把伞，一段古老的浪漫，也成为一种奢望。多年后，我在一个烟雨弥漫的下午，来到了江南的小镇，来到了戴望舒的雨巷。黑白民居依旧，青石小巷依旧，幸运的是，在古镇的一隅，我遇见了一间经营油纸伞的铺子，店内店外，灯笼似的倒挂着图案各异的油纸伞，它们和我想象的一样美好，似乎在安静地等候着一位美丽的女子。

"撑把油纸伞，走进雨地，那况味几近宋词。但听得雨水淅淅响在伞面上，纵然不是柳永、李清照，也会心情荡漾、多愁善感。水竹做的伞柄，光滑而清凉，带着前人的气息，那种温馨的感觉，纯粹得只剩握手间的盈盈一喜。"这是皖人胡竹峰写下的关于油纸伞的句子，他写出了我的感觉，读起来异常地熨帖心灵。透过他的文字，我恍然看到一个身着长衫，撑着油纸伞，踯躅前行的身影。

如今，手中的伞，换成了各式各样的伞，材质有尼龙的、塑料的、涤纶的，样式颜色也多，其作用也不断延伸扩展，遮阳、挡雨、防紫外线，美观是美观，轻便也轻便，却让人感受不到自然的气息，颇有些遗憾。

光阴如逝水东流，那把油布伞如一朵莲花，绽放在岁月里，鲜活在记忆里。在生活的风雨中，人人都渴望拥有一把伞，提供安全与庇护，带来温暖与关怀。其实，父亲、母亲、爷爷、奶奶，他们都是我的油布伞，不知不觉老了、旧了，自己也时刻经受着风雨的侵袭，可是哪怕还有一根伞骨支撑着，也要为孩子遮风挡雨，呵护成长。我知道，无论遭遇什么风雨，在我的头顶，都有一把伞撑在那里。

鸡毛掸子

"攒鸡毛，凑掸子。"虽有些调侃，却形象地表达了中国人惜物的传统美德。每次杀鸡，母亲都小心翼翼地把它们的毛收好，尤其是公鸡的毛，生怕丢了一根。

鸡毛掸子是古老的除尘用具，顾名思义，是鸡毛做成的。作为乡村最常见的生活用具，它为百姓的日常生活带来了诸多方便，也带来了熨帖人心的温暖。如今，客厅一隅插着一把红艳艳的鸡毛掸子，像一团火照亮了屋子，也照亮了我的人生岁月。

幼时，几乎家家都有鸡毛掸子。它的作用类似吸尘器，同冷冰冰的机器相比，它多了些温度。鸡毛掸子的原理是通过摩擦产生的静电吸附物体表面的灰尘。同抹布相比，掸子可伸到房间的墙角旮旯，哪怕是极难清理的桌椅板凳的花纹间隙，轻描淡写地掸几下就干净了，省时又省力。

母亲喜欢用鸡毛掸子清扫房间，过年前夕，她一定要进行一场颇有仪式感的除尘大行动。她先把房间里的东西收起，用被单子盖住，然后戴着草帽，举着一把绑在长竹竿上的鸡毛掸子，把天花板、房梁、墙壁上的积尘、蛛网扫除干净。最后，全家齐动手，擦洗家具，整理杂物。虽累得腿僵腰直，可看到屋子里焕然一新，每个人都被这喜气洋洋的气氛感染，心里也充满了喜悦。

　　鸡毛掸子看似简陋，扎起来却颇费工夫。掸子所用的羽毛是公鸡的尾毛、颈毛、背毛，俗称"三把毛"。这三处的羽毛色泽鲜艳，制成掸子，浑然一体。对村里人来说，收集鸡毛不是难事。农村从来不缺鸡，村里的婶婶、大娘，没有一个不养鸡的：公鸡、母鸡，白羽鸡、芦花鸡……公鸡打鸣，负责叫醒村民，新的一天在它们的打鸣声中拉开了帷幕。母鸡负责下蛋，下完了蛋，在院子里来回溜达，"咯咯哒，咯咯哒"，毫不掩饰自己的成果。

　　奶奶是养鸡的好手，没事就让我捉虫子喂鸡，为此家里的鸡长得又快又壮。那几只公鸡，羽毛锃亮，像涂了一层油。每天早晨，我都被鸡鸣声唤醒，"喔——喔——喔——喔——"，那啼声壮勇、嘹亮。从床上爬起来，见那些公鸡高踞在院内的石榴树上，鸡冠如火，利喙下方也有长冠，在引颈啼叫时，长冠微微晃动，让我想起将军的披风，唯有如此英武的架势，才配有"一唱天下白"的本事。

有鸡，必有鸡毛。过年过节，或家里来了客人，都要杀鸡待客或打牙祭，鸡毛则留下来做掸子。"攒鸡毛，凑掸子。"虽有些调侃，却形象地表达了中国人惜物的传统美德。鸡毛积攒够了，就可扎掸子了，这可是技术活。扎之前，先将鸡毛按长短、颜色分门别类，用松香或糨糊把鸡毛一层层地粘在竹竿上，再用细麻线捆扎结实，最后留出把柄，一把掸子即扎制完成。

每次杀鸡，母亲都小心翼翼地把它们的毛收好，尤其是公鸡的毛，生怕丢了一根，那神情，不了解内情的人以为是什么宝贝！用它们扎成的掸子光亮艳丽，极富层次感，给平民百姓的房间平添一点雍容富贵的氛围，也期待着能够平安吉祥。母亲喜欢把掸子放在显眼的位置，或插在一尺多高的瓷瓶里，或悬挂在堂屋的墙上，一进屋就能看到它。不过，我总觉得有炫耀的味道。

常见的是颜色混杂的掸子，颜色相对统一的掸子较为罕见，也有美好的寓意，如红色的掸子寓意日子红红火火，黑色的掸子可镇宅辟邪。对掸子的颜色我倒不是很在意，我在意的是母亲烹制的地锅鸡。刚出炉的地锅鸡热气腾腾，几色相间，可与印象派绘画大师的用色相媲美：酱红的是鸡块，鹅黄的是土豆，碧绿的是香菜，让人赏心悦目，让人垂涎欲滴。香辣扑鼻的鸡块，浸在已收成膏状的汤汁里，灿烂而热烈，亮泽而浓郁，含蓄中透着奔放，夹一块到嘴里，酥烂滑嫩，五味俱全。

岁末年初，爷爷在屋里莳弄他的水仙花，奶奶用鸡毛掸子掸尘。阳光照射进来，那些细小的微尘在阳光下显现，也在我的面前悬停，像一个个飞舞的精灵。奶奶掸尘的动作不慌不忙，不急不促，我觉得有禅的味道。后来，读到那句著名的禅偈："身是菩提树，心如明镜台。时时勤拂拭，勿使惹尘埃。"比起"本来无一物，何处惹尘埃"，我更喜欢"时时勤拂拭，勿使惹尘埃"，因为生活中、人生中，哪会如此洁净，总是有"尘埃"的。

不知何时起，鸡毛掸子逐渐退出了它表演的舞台。即使偶尔看到它的身影，也已从常见的扫除工具，变成了价格不菲的工艺品。虽然如此，鸡毛掸子总能让我回想起那些流水般逝去的岁月，它掸出了洁净的生活，掸出了人性的至真至善。

溢彩流金的年画

贴年画前，父亲要将屋里屋外仔仔细细打扫一番，我端着一小盆糨糊跟在他屁股后头。父亲的样子很虔诚，不像是在贴年画，而是把生活的希望全部贴在那一扇扇不大不小的门上。

年画是新年的眼睛，又被称为喜画，饱满祥和，流光溢彩，洋溢着华丽的气息，让年充满了喜庆味、人情味。在我书橱的一隅，保存了几张旧时的年画。虽然时间的尘土把往事覆盖，那些曾经带给我激动与快乐的年画，却总会在每一年的春节，带上我的记忆回到那个遥远难忘的年代。

那时，人们表达祝福的方式充满了温馨的气息，贴上年画，贴上春联，才是新年吉庆、驱邪迎祥的写照。为此，在老家的年味中，年画有不可替代的地位。进入腊月，年味即开始滋生蔓延。集市被装扮一新，大红灯笼高高挂着，一串串欢挤着；一幅幅的年画让人眼花缭乱、目不暇接；买年货的人穿梭如织，摩肩接踵，脸上是发自内心深处的满足与享受。

春节前夕，家家户户忙着打扫卫生，房院内外都被打扫得干干净净，室内、门上、灶前都张贴年画，简陋的居室因此鲜亮起来，也增添了节日的气氛。悬挂、张贴年画是辞旧迎新的分界线，也是欢乐祥和的里程碑，纵然家里拮据，年画是一定要买几张的，买了、贴了，家才是家，年才是年。走在村子里，漫天遍野都是喜庆的画面。

年画分神像画、吉祥画、戏文故事画等，每幅年画都流传着一个故事，成为见证历史、传承文明的重要载体，如《和合二仙》《老鼠娶亲》《钟馗捉鬼》《穆桂英挂帅》《大闹天宫》等。每一幅年画都花花绿绿的，桃红、绯红、天蓝、钴蓝、天青、水绿、葡萄紫、柠檬黄……在一张纸上汇聚，耀人眼目。

年画的花样再怎么多，一对门神是必不可少的。因为门神可驱邪迎祥，护佑全家平安。门神的传说，最早见于《山海经》里神荼郁垒的记载，南朝的《荆楚岁时记》提道："帖画鸡户上，悬苇索于其上，插桃符其傍，百鬼畏之。"唐朝时，门神又增加了一对搭档：秦琼和尉迟恭。每一种说法都是美好的，流传下来的故事都是美好的，传递的期盼亦是美好的。

寓意吉祥的《莲年有余》年画也是不可少的，象征着人丁兴旺、丰盛有余。画面中心是一个白胖小子，穿着大红肚兜，胸前佩戴如意长命锁，手持盛开的莲花，怀抱红尾黄鳞的鲤鱼，模样欢笑可爱。莲花、鲤鱼都是吉祥之物，寓意也美。年年有鱼，年年有余，一幅画里包含着无限的憧憬。

买年画买的是心情，贴年画却能贴出过年的气氛。贴年画前，父亲要将屋里屋外仔仔细细打扫一番，我端着一小盆糨糊跟在他屁股后头。父亲的样子很虔诚，不像是在贴年画，而是把生活的希望全部贴在那一扇扇不大不小的门上。贴过年画、春联的屋子，洋溢着温暖的气息，流淌着阖家团圆的幸福，哪怕小院拥挤狭窄，年的味道也被渲染得醇厚香甜。

春联是父亲写的，或者说大半个村子的春联都是他写的。不管是谁，父亲一样地热情，一样地认真对待。我也跟着凑热闹，帮着裁纸，帮着把写好的春联铺平、晾干墨汁。一位位乡亲拿着春联，像怀揣着珍宝，满意地走了。父亲贴春联时，边贴边说："春联要贴得正，做人也是如此，从小要站得直，走得正。"我当时对父亲的话似懂非懂，却记住了，一直记到现在。

　　幼时，在贴春联、年画的同时要贴五福，一种用彩纸镂空，里面用刀刻出花纹及祝福文字的长方形纸制品。五福多贴在春联横批的下面，迎风飘动，煞是好看。年画、春联、五福贴好了，目光所及皆喜气洋洋。在雪的映照下，一个火红的年彻底燃烧起来，暖遍每个人的心窝。

　　夜幕降临，院子内外或整个村子都笼罩在神圣肃穆的气氛中，父母亲把早已准备好的供品摆到供桌上，点蜡烛、上香、祈祷，烛光闪动，辉耀着桌子上的供品。然后吃年夜饭，家人围成一圈，其乐融融。边吃边聊，熬到午夜时分，鞭炮响个不息，绚丽的烟花开满夜空，空气里弥散着淡淡的火药味。

　　一张张年画如一缕缕春风，让平淡的日子有了斑斓的色彩，也给辛苦奔波一年的人无限的希冀。很少有人计较年画的内容细节，在意的是它带来的新气象、新色彩，夸张的也好，渲染的也罢，每家每户都热气腾腾、喜气洋洋。因为有了年画，即便春节过去了很长时间，喜庆的气氛、快乐的心情仍长久地延续。哪怕随着时间推移，那些画儿褪色了，也无人介意。

年画也是儿时的启蒙读物，每一张年画都是一个故事，润物细无声地进入小小的心灵。我喜欢看年画，花花绿绿的山水，造型夸张的人物，精彩绝伦的故事，给我以无尽的遐想。每到一户亲戚家拜年，年画我是铁定要看的。为此，我熟悉了一段段历史，聆听了一个个传说，结识了形形色色的人物，有意无意中懂得了一些简单的人生道理，也于潜移默化中悟出些许单纯甚至可笑的世界观，当然也对未来充满了幻想与期待。

春节到，年画俏！流光溢彩的年画送走了旧年，迎来了新年，也带来了新年的好运、新年的祝福。它代表着祥和如意，蕴含着春节的喜庆，喜悦的心情在它营造的气氛中荡漾开来，亦让我铭记与之有关的点滴岁月。

图书在版编目(CIP)数据

小时光,老朋友／吕峰著;张芸绘. —桂林:广西师范大学出版社,2024.6
(中国故事)
ISBN 978-7-5598-7015-5

Ⅰ. ①小… Ⅱ. ①吕… ②张… Ⅲ. ①散文集－中国－当代 Ⅳ. ①I267

中国国家版本馆 CIP 数据核字(2024)第 105934 号

小时光,老朋友
XIAO SHIGUANG,LAO PENGYOU

出 品 人:刘广汉
策划编辑:杨仪宁
责任编辑:杨仪宁　孙羽翎
装帧设计:DarkSlayer

广西师范大学出版社出版发行

(广西桂林市五里店路9号　　邮政编码:541004)
(网址:http://www.bbtpress.com)

出版人:黄轩庄
全国新华书店经销
销售热线:021-65200318　021-31260822-898
山东临沂新华印刷物流集团有限责任公司印刷
(临沂高新技术产业开发区新华路1号　邮政编码:276017)
开本:720 mm×960 mm　1/16
印张:10.75　　　　　字数:70 千
2024 年 6 月第 1 版　2024 年 6 月第 1 次印刷
定价:39.00 元

如发现印装质量问题,影响阅读,请与出版社发行部门联系调换。